ぼくらふるさと探検隊

★We are expeditionary Party of our home town.

小山 矩子
Koyama Noriko

文芸社

ぼくらふるさと探検隊

ぼくらふるさと探検隊　も・く・じ

パパの故郷《ふるさと》へ

ぼく、鉄平《てっぺい》。四月に小学五年生になる。家族は両親と、中学二年のお姉ちゃんの四人。

西伊豆《にしいず》の戸田村《へたむら》っていう所に住んでいたんだけど、春の異動《いどう》でパパが東京へ転勤《てんきん》になったんだ。

東京の足立区《あだちく》はパパとママの生まれたところ、お姉《ねえ》ちゃんもぼくもここで生まれている。だから足立はぼくにとっても故郷なんだ。

いま保木間《ほきま》という所にパパのお母《かあ》さんが一人で住んでいる。最初はパパの生まれた家でみんなで住むことになっていたんだけど、パパの通勤のつごうや、お姉ちゃんの高校のことを考えて、おばあちゃんの元気な間、足立区の西綾瀬《にしあやせ》という所に住むことになった。

ぼくが二歳のとき、静岡県の戸田に行った。足立のおばあちゃんの家には、小学生になってから家族で二、三度行ったことがあるけど、よくおぼえていない。ふわっと暖かくて、緑っぽかった所だった記憶《きおく》がある。

「おい鉄平！　足立はいい所だぞー」

ちかごろパパはぼくの顔を見るたびに言う。パパはこのところ、やけにきげんがいいんだ。

戸田村には友達《ともだち》がたくさんいる。松林の続く海岸を毎日のように走った。あのサッカーの仲間と別れるなんて、考えただけでもいやだ。ぼくは気が進まないけどパパが転勤とあらばしかたがない。

以前パパから聞いた話では、足立は広々とした自然のある町で、田んぼには真っ赤な爪のエビガニがゴソゴソといるらしい。用水路《ようすいろ》には口ぼそや、小さなえびもいるという。

雨が上がると、四つ手という一メートル五十センチ四方の大きな網《あみ》を用水路に沈め、流れてくる魚をとったらしい。大雨の後には金魚が捕《と》れることもあって、「ゴミにまざって真っ赤な金魚の姿を見ると、飛び上がるほどうれしかったよ」パパは今でもきのうのことのように目を光らせて話す。今のぼくは、それだけがたよりだ。それともう一つ、実はやりたいことがある。

それはパパの疑問《ぎもん》を解明してあげることなんだ。それはパパの膝《ひざ》の小さな傷跡《きずあと》に関係がある。もう薄《うす》くなっているけど三つもあって、よく見ると星の形をしている。パパの話によると、パパの通っていた小学校の東側に神社があって、図工室と隣《とな》り合っていた。昔のことだ、境には塀《へい》などなにもなかったらしい。だから図工の先生が準備室に入って姿が見えなくなると数人の腕白坊主《わんぱくぼうず》が窓《まど》を飛び越え、隣《となり》の神社の境内《けいだい》に探検に出かけた。教室の窓から見えるところに、石を積み上げた山があって、その頂上《ちょうじょう》に小さな社《やしろ》があった。その社の中に何が入っているのかみんな知りたかった。「ようし、おれが調べてやる」パパはそう思っていた。窓から飛び出して山に登るとみんなが英雄扱《えいゆうあつか》いしてくれたらしい。パパきっとカッコつけていたんだよな。

ある日パパたち三人、山に登った。

「先生が来たぞ！」のサインはいつもみんながしてくれる。教室の窓から乗り出して手を振るんだ。その日もパパたちは、素早《すばや》く山にかけ登った「よーし、今日は行けるぞ」小さな社の木のふたをはずそうと手をのばした。その時だ「先生が来たぞ！」と仲間の合図。

三人は山から転がりおりた。その時パパはつまずいて有刺鉄線《ゆうしてっせん》の上に転んでしまった。山の下のすみっこに有刺鉄線が丸めて捨てられていたんだ。はずみがついていたこともあって大変な痛さだったようだ。さすがのパパもしばらく動けなかった。血は出なかったけど深いんだ。星印の傷跡《きずあと》はそのときの勲章《くんしょう》なんだって。

それ以来授業中の脱走《だっそう》は中止。だから社の中になにがあるのか遂《つい》に発見なし。

パパから星印の話を聞いたぼくは、（ようし、ぼくが調べてやる）と長い間、心の中でそう思っていたんだ。

引っ越しで春休みはあっという間に終わった。ぼくは五年生になる。あしたは始業式。家にいてもつまんないのでママについて町に出た。

線路に沿《そ》って小さな川がある。

「足立の川って小さいね」

「うん、川っていうより昔の用水路を、川の流れのように変えたのね。ママの子どもの頃は、手ぬぐいでめだかを追っかけたわ。なつかしいなあ……」

「草の生えている川。戸田村と同じ感じでしょ」

「まあね。だけど足立には山がないよ。それに海だって……」

「そりゃ土地土地によって、風景はちがうわよ。風景だけじゃなくて習慣だってちがうのよ。学校だってきまりや約束がちがうと思うわ。鉄平も早く新しい学校になれなくっちゃね」

「用水路ってなに」

「水を通す道」

「へんなの……」

「ただ水を通しているんじゃないのよ。今は見ることもできなくなったけど、ここいら一帯はついこの間まで田んぼだったのよ」

「田んぼって稲を植えるあの田んぼ？」

「そう。稲に水を送るために作られた水の路。水がないと稲は育たないでしょ」

「そうだね。『雨が降るように』って雨乞《あまご》いする話、本で読んだことあるよ」

「ここに五反野親水緑道《ごたんのしんすいりょくどう》って書いてあるよ」

「そうね。きっと、水と仲よくしましょうっていう意味なのね」

「ママ、あのガードを越えて向こうの町に行ってみようよ」

ぼくたちは用水路をわたり、ガードをくぐった。

くぐって間もなく、ずーっと先方に十人ほどの集まりがこちらにやってくるのを見た。神主《かんぬし》さんもいる。変わった行列だ。近づいてきたのでよく見ると、一人は三メートルくらいもある大きな棒《ぼう》を担《かつ》いでいる。その棒のてっぺんには御幣《ごへい》（木や枝に細長い白紙などを切って挟《はさ》んだもの）がついている。棒の真ん中をわらで巻いてあって、そのわらには、竹に挟《はさ》んだ赤や紫、緑、黄色の御幣が刺《さ》してある。あとの人たちは、わらに刺してあるのと同じ御幣を、いく本も腕《うで》に抱《かか》えている。

「ママなんだろう？　なにをしているの……」

「……」

その人たちはやがて角を曲がって行ってしまった。ちょっと離れて歩いていたおばさんに聞くと、《ぼんてんまつり》というお祭りだと教えてくれた。

「変わったお祭りだね。はじめて見たよ」

「その土地土地によって、いろんなお祭りや習慣があるのよ。鉄平もだんだんにわかってくるわ」

足立に来てはじめて出あった驚きだった。

おばあちゃんの家

四月になってすぐの日曜日、家族で保木間《ほきま》のおばあちゃんの家にあいさつに行くことになった。北千住で東武線に乗りかえる。北千住の駅を出てすぐに電車は大きな川をわたる。

「見て、見て、すごい川」

お姉ちゃんがぼくの手をひっぱった。

パパが「荒川放水路《あらかわほうすいろ》だ」と教えてくれた。放水路をわたるいく本もの鉄道。右へ左へと電車がひっきりなしに走る。川に沿って高速道路が走っている。

「お姉ちゃん、パパの田舎《いなか》って、こんなすごい所だって知ってた？」

「ううん。五年生のときママとおばあちゃん家《ち》に来たけど、こんなじゃなかったわ」

ぼくの描《えが》いていた足立とは大違《おおちが》いだ。まるで未来の街へ来たようだ。

パパの話では荒川放水路は人が掘ってできた川だという。ブルドーザーも、ショベルカーも、トラックもなかった時代だって。とても信じられない。竹の塚駅で電車を降りた。混んでいた電車もここでほとんどの人が降りてしまった。駅前は商店街で、たくさんの人が歩いている。パパ

ぼくらふるさと探検隊

の話ではここから田んぼのはずだ。

「お姉《ねえ》ちゃん、パパの通った小学校って、どこにあるんだろうねえ。校庭の欅《けやき》の大木がここから見えるはずだよ。団地ばかりで、なんにも見えやしない」これではザリガニもあやしいものだ。ぼくはパパを見た。パパは、「変わったなあ」「すっかり変わってしまった」とキョロキョロ辺りを見回している。

「浦島太郎《うらしまたろう》の気持ちだなー」とパパ。

自然なんてどこにも見られない。アスファルトの道をたどって、おばあちゃんの家に着いた。

お姉ちゃんが「いやだ」というので、ぼくは一人でパパの小学校に行った。淵江小学校《ふちえしょうがっこう》という学校の東隣《ひがしどなり》に、氷川神社《ひかわじんじゃ》があった。神社の左手に石を積み上げた小さな山がある。山の頂上には小さな石の社《やしろ》があった。

隣は学校だ。パパの話のとおりだ。だけど「登ってはいけない」と立て札《ふだ》がある。しめなわに白い細長い紙が下がっていて、とてもじゃないけど社《やしろ》の所へなど行けやしない。

でもふしぎな石の山だ。鳥居《とりい》には榛名山神社《はるなさんじんじゃ》って書いてある。頂上までに登山記念と彫《ほ》られた石がたくさんあり、別に一合目・二合目・三合目と書いた、道標《みちしるべ》のような石もある。

一体この山はなんだろう。きっと昔の人の生活に関係があるにちがいない。おばあちゃんは、

「あれはネエ、富士塚《ふじづか》といって石を積み上げ、日本一の富士山にみたててあるのヨッ。富士塚って書いてあったネエ」

「でも榛名山神社って書いてあったよ」

「榛名山にも富士山があるってヨッ。パパに聞いてみな」

「社の中には何が入っているの？」

「そりゃー。神様だよ」

（そんなはずないよ。神様だなんて……）

それにしても、こんな所になぜ富士山を造《つく》ったりするんだろう、一日じゃ富士山には登れないけど、ふもとの浅間神社へのお参りだったらぼくだって簡単《かんたん》に行けるのに。

（こんなところに富士山を造るからいたずらされるんだよ）

（でもでも、なにか訳《わけ》でもあるんだろうか）

（誰か今でもおまつりしているようだ）

新しいしめなわを見て、ぼくはそう思った。

おばあちゃんは、「富士塚に積み上げられている石は、なんでも、あの富士山から運んできたという話だよ」という。そうだとしたら人手とお金をかけた、金持ちの迷信ごっこだ。それにしてもいつ頃? わからないことだらけだ。よく見るといつか見たことのある火山でできた石を、一つ一つ積み上げてある。ひょっとしたらおばあちゃんの言うように、この石、富士山のものかもしれない。

なぜ富士山の石なんだ。あんな遠くから、どうやって運んだんだろう。

ぼくは富士塚《ふじづか》のことをもっと知りたいと思った。

六年生対五年生

転校した学校は、創立百年以上という区内八十校の中でも五、六番目に古い学校だ。でも校舎は新しい。校庭の南に学校林のある、感じのいい学校だ。

ぼくは五年二組になった。男十七名、女十九名の三十六名が今日からぼくの新しい友達だ。

先生の紹介《しょうかい》のあと、ぼくは「加藤鉄平です。よろしくお願いします」とあいさつした。

「自分をみんなに紹介しなさい。得意《とくい》なものとか苦手《にがて》なものとか。そうだね、この際、好きな友達のタイプとかさ」と先生が言った。ぼくは、「勉強はあまり好きではありません。サッカーは大好きです。えーと、なんでもはっきりしている子が好きです」と自己紹介した。

後《うし》ろのほうの席から「カッコいいぞー」といくつか声がかえってきた。くすくすと笑っているやつもいる。明るい感じのクラスなのでまず安心した。

二十分休みになった。四、五人の男の子がぼくの周りに集まって来た。「おまえサッカーが好きだって?」「じゃー得意なんだ」ときた。まだなにも言わないのに「クラブに入っていたのかー」「ポジションどこだー」と矢つぎ早の質問ぜめ。やっぱりここもサッカーが盛んなんだとほっとした。でもぼくは戸田村《へたむら》でサッカーチームに入っていたことを言わなかった。

「あとから認められたほうがカッコつくんだよな」と言ったパパのことばを思い出したんだ。

給食のときもサッカーの話でもちっきり。そこでわかったことは、五年生三クラスにそれぞれ三、四人くらいずつサッカーの得意なやつがいること。

公園はあるけどサッカーはやっちゃいけないこと。

校庭でサッカーはやってはいけないこと。

だけど火曜日、水曜日、土曜日の朝はやってもいいこと。

児童会で四年生は火曜日。五年生は水曜日。六年生は土曜日と決めたのに、火、水曜日にも六年生が割り込んでくること。

六年生に注意してもきいてもらえないこと。大体《だいたい》こんなことだ。

「六年生は九月にブロックのチームと試合するんだって、だからあせっているんだ」と健二が言った。

健二は日焼けした黒い顔のうえに、頭中《あたまじゅう》の毛が突《つ》っ立っていて、まるではりねずみのようだ。サッカーが好きらしい。健二とは一番の友だちになれそうだ。

「あしたは土曜日、六年生の練習日だ」健二が言った。

よし、お手並《てな》み拝見《はいけん》といくか。サッカーにはちょっとばかり自信があるんだ。

ぼくは明日の朝が楽しみだった。

土曜日の朝。六年生六人ほどが校庭の中央でボールを蹴《け》りあっている。さすが六年生。パスも通るし、キック力もすごい。だけどこの人数じゃ試合なんてできないや。

ぼくは花壇《かだん》のふちに腰《こし》かけて六年生の練習を見た。五年生の仲間は校庭に出る昇降口《しょうこうぐち》の階段に並んでこしかけ、やはり六年生の練習を見ている。

(まるで電線に止まっている雀《すずめ》だ。でも仕方ないよなあ。決まりがあるんだもの)

今日は水曜日。五年生が校庭を使える日だ。

（ようし、おれ様の腕前見せてやる）

ぼくは張り切って登校した。

全校で一番先に校庭に出たのはぼくだった。ネットに向かってキックの練習をしているとだんだんと人が校庭に出てきた。

（健二たち早くしないと練習の時間がなくなるのに）

後《うし》ろを振り向くと六年生が三、四人でドリブルをやっている。

（今日は五年生の日なのに！）

五年生がやってきた。そのあと一人、二人と五年生が集まった。

どうやら五年生の練習は始まった。もうすぐ一時間目始まりのチャイムが鳴る。離れたところで遊んでいる下級生の声が、〝急げ急げ〟と言っているように聞こえた。

ぼくはあせった。そのときボールがぼくのほうへ飛んできた。ぼくは得意《とくい》のヘディングでボールを受け、そのあと、思いっきりキックした。

(手ごたえあり!)

と、そのとたん「しまった!」とドキッとした。蹴《け》ったボールが六年生にあたったのだ。こともあろうに武《たけし》くんにだ。転校して一番始めに目についたのが武くんだった。校庭にいてもすぐにわかる。六年生の中でもとびきり大きいんだ。

それにいつも二、三人の家来《けらい》を連れている。

武くんはしゃがみ込んでいる。そして痛そうに、気ぜわしく足をさすっている。

だれかが先生を呼びに行った。周りに人だかりができた。

しばらくして武くんは立ち上がった。武くんは片手で目をぬぐった。

「さー一時間目が始まるぞ。みんな教室に入った入った」

先生が人だかりに声をかけた。みんなが教室に入った。あとにはボールを蹴《け》っていた五年生と六年生が残った。

「ここに六年生がいるのはどういうわけだ。水曜日は五年生の日だろう！　決まりは絶対に守らなければ朝のサッカーは中止にするぞ！」

ぐるーりと見回して、先生はどなった。六年生はとたんに頭を下げた。

(六年生が決まりを守らないからこんなことになるんだ。武くんたちが悪いんだよ)

ぼくはほっと胸をなでおろした。

「おい鉄平！　おまえが悪いんだぞー」昇降口《しょうこうぐち》に急いでいたぼくに、

健二が後《うし》ろから大きい声で叫んだ。

「なぜだ！　決まりを守らなかったのは六年生だろう。叱《しか》られるのは当然だろう」

ぼくは立ち止まった。

「いや、おまえのほうが決まりを守らなかったんだ。そんなこと、六年生にはすぐにわかってしまうよ。それがもとで、おれたちも校庭使えなくなったら、おまえのせいだ」

「かっこつけるからこんなことになったんだ。転校生のくせになまいきだよ」

ぼくがぽかんとしていると、あとから追っかけて来た正雄《まさお》が、

「校舎に向かって蹴ってはいけないんだよ」と言った。

「ぼく、聞いてない」

「だいじな決まりだものな。言わないわけないよ」

「絶対に聞いていない！」

「言ったわよ」

「私も聞いたわ」

女の子まで健二の味方《みかた》をする。

「でもぼくは知らなかったんだ。みんなで責《せ》めることはないだろう」

（だから転校っていやなんだ！）

腹立《はらだ》たしくなってぼくはみんなを振り切って教室まで突《つ》っ走《ぱし》った。

（でも待てよ、だから武くんは横が無防備だったんだな。しまった！

反則したのはぼくのほうかもしれない）ぼくはあわてた。

（しかしなまいきだと言った健二は許せない）

二組のやつらと絶交《ぜっこう》だ。三六対一。こうなったら意地《いじ》になっても負けるものか。

授業を終えると、ぼくはかばんを持って廊下《ろうか》に飛び出た。

校門の脇《わき》に数人の六年生がたむろしている。武軍団《たけしぐんだん》だ。

ぼくは進入禁止の裏門《うらもん》から大急ぎで逃げ出し、家に帰った。

あれから三日過ぎた。ぼくは健二にだけは口もきかないし。目も合わないように努力している。健二だって同じだ。

(登校拒否《とうこうきょひ》ってこんな気持ちなんだなあ。ぼく、学校へ行きたくないよ。つまんないよ。でも絶対に健二にだけはあやまるもんか)

夕方由美から電話があった。

「鉄平くん急いで学校に来て！　バックネットのところで待っている」

そこまで言うと由美は電話をきった。

（なんだこんな時間に）

ぼくは不思議に思ったけど行くことにした。

（クラスの女の子の中でぼくは由美が一番好きだ。やさしいし、それに何といっても可愛い）

なんだか楽しくなって学校へ急いだ。

バックネットのそばに由美とよし実がいた。健二が来た。

「なんだ呼び出したりして！」ぼくと健二は同時に由美とよし実に声をかけた。

「ねえ！」「そうよねえ」と言いながら由美とよし実は顔を見合せた。

「二人とも和睦《わぼく》して！」由美が言った。

「何だその和睦ってのは」と健二。

「仲よくしてってていうこと。いい加減にしなさいよ。ほんとうは仲よくしたいくせに」よし実が強いことばで言った。こんなときの健二は、よし実に弱い。

「ああ、わかったよ……」健二がしぶしぶこたえた。

「和睦《わぼく》のしるしに握手《あくしゅ》して！」

「鉄平、和睦だ」健二はぼくの前にさっと手を出した。

ぼくはあわてて健二と握手をした。（ごめん）ぼくも心の中で健二にあやまった。

荒川放水路《あらかわほうすいろ》のハイキング

日曜日の朝、西新井橋《にしあらいばし》に集合した健二、よし実、由美、ぼくら五年生四人は、岩淵水門《いわぶちすいもん》を目指して荒川土手を歩きはじめた。

先週水曜日のクラブの時間、由美と荒川放水路《あらかわほうすいろ》の話をした。

「川の始まりがどうなっているのか、見たいと思わないか」

ぼくが言うと、由美が荒川放水路は荒川から分かれているという。

「あんな大きな川が！　信じられない」

そこには大きな水門があって、その様子を見ることができるらしい。

「すごい水門だろうなあ。見たいなあ。いつか荒川放水路の土手をさかのぼってみないか」

「そうねえ。じゃあ健ちゃんたちもさそおうよ」という由美の意見で、健二とよし実を仲間にさそったというわけだ。

荒川放水路の土手は幅六メートルほどで、舗装《ほそう》された道だ。それ以外は青草が茂《しげ》り、そのまま緑の坂になって、一方は車道へ。もう一方側は荒川の河川敷《かせんじき》へと広がっている。

川幅は広く、水は豊かで、長く広い河川敷はグラウンドや、きれいな草花の咲く花壇《かだん》になっている。ときどき船が通り、へさきによって二手《ふたて》に切られた水は、生きているように川面《かわも》に波だち、やがてさざ波となって川岸《かわぎし》に押し寄せてくる。

「すごいなー。まるで小さな津波《つなみ》だ！」

「電車やバスの窓から見た荒川放水路とはかなりちがった感じね」

「うん、川から吹いてくる風だって町の風とはちがうって思わないか」

「千住のおじいちゃんとおばあちゃんが『毎日土手を歩いている』って言ってたけど、これじゃ歩くの楽よね」

「ほら、犬の散歩の人が来るわ」

ぼくたちはいろいろな発見を楽しみながら扇橋《おうぎばし》をすぎ、次の江北橋《こうほくばし》をめざした。

初夏の日ざしは強く、汗ばむほどだ。

「あれーっ、なんだろう」

由美が案内板を発見した。ぼくたちは駆け足で立て札のそばに行った。

「東京湾からここまで一三キロだって。案外海から近いんだね」

「一三キロだったら、歩いてだって行けるよな」

「ここいら一体の住宅、荒川放水路《あらかわほうすいろ》の土手より低いぜ。洪水《こうずい》になったら大変だね」

「低いってことは、大雨のあと川上の水がどっと押し寄せてくるってわけだ」

「ほら、四年生のとき、社会科で教わったじゃない。ゼロ地帯っていう言葉」

「足立の勉強をしたときだろう」

思い出したように健二が言った。

ぼくはとっさに大雨のときのことを思った。

「この河川敷《かせんじき》って、洪水《こうずい》のとき水の流れ道になるんじゃないの」と由美。

(茶色の水が河川敷いっぱいに広がりすごい音をたてて……。すげえなあー)

ぼくはこの広い河川敷いっぱいになって流れる荒川を想像し、おそろしくなった。

「そうかあ。ふつうの野球場やサッカー場じゃないってわけだ」

いま気がついたというように健二が言った。

「お出かけしたとき、電車や車の窓からよく川を見るじゃない。長い鉄橋の下の川は細かったり、水溜《みずたま》りや木や草が生えていたけど、あれって河川敷《かせんじき》なんだわ。な、っ、と、く」と由美が言った。

「そうだよな。多摩川《たまがわ》って東京と神奈川県の境《さかい》を流れている川だろう。野球やサッカーをやってるグラウンドは河川敷なんだよなあ」

ぼくは新幹線の窓《まど》から見た、スポーツをやっていた多摩川の風景を思い出した。

「おいみろよ。荒川放水路《あらかわほうすいろ》と隅田川《すみだがわ》がいつの間にか接近《せっきん》しているぞ!」

「やー、ここいら川と川に挟《はさ》まれた住宅だよ。いいなー」

「でも隅田川って河川敷がないから洪水がこわいわ」とよし実。

「そんなとき岩淵水門《いわぶちすいもん》が活躍《かつやく》するのさ。『水門の役目』って勉強しただろう」

「大きな水門が、町の人を守ってくれているんだね。早く見たいなその水門」

ぼくはますます元気が出た。

「ここいら、住宅っていうより工場みたいな建物が多いよな」

「本当だ。クレーンが何台も川っぷちにある。原料や製品を船で運んでいるんだ」

ぼくたちは江北橋《こうほくばし》近くまでやってきた。

「やーここにも説明板があるよ」

「ほんとだ！　ここまで海から一六キロだって」

「一六キロだってへいちゃらさ。いつか歩いて海まで行ってみようぜ」

「ちょっと見て！　変なのー。この近くに封印《ふういん》してある塔《とう》があるわ。恐《こわ》い顔の仏様に人がふんづけられてる」

「ほんとだ。きっと悪さをして土の中に封《ふう》じ込《こ》められたんだよ」

「『ゲゲゲの鬼太郎《きたろう》』に出てくる。ほら、土の中からにゅーっと青い手がのびて、足首をぎゅーっとー」

「キャー」

「キャー」

由美とよし実はあわてて逃げ出した。

「この近くにその塔があるってことなんだ」

「おい、行ってみないか」と健二。

「とっつかれたらどうするの」

「気持ちわるいよー」

「せっかくだから探検しようぜ。物知り博士の忠夫だってこんなこと知らないさ」

とまた健二が提案した。さすがはりねずみの健二だ。ぼくも大賛成だ。

「岩淵水門《いわぶちすいもん》どうするの」

「いいってことよ。それより封印《ふういん》した塔の発見のほうが先だ」

健二におされて、岩淵水門の探検はふしぎな塔の探検に変更《へんこう》された。

土手で見つけた庚申塔《こうしんとう》

ぼくたちは案内板にあった場所に見当をつけ、土手を下りた。かんたんに見つかると思ったのに、たずねたずねの探検になってしまった。

「あれじゃない？」

ぼくたちがあきらめようと思ったとき、よし実が土手の下の木かげを背にした小屋を指差《ゆびさ》した。ぼくたちは駆け寄った。

「あれー。七つもあるよ。お墓《はか》にしちゃ大きすぎるんじゃないの。それに小屋の中に入ったお墓《はか》ってある？」

「あれ！　これってそれぞれ全部ちがうわよ」由美が怖《こわ》そうに言った。

「ほんとだ。ちょっと見ろよ。これ、子どもが神様にふんづけられているる」

　ぼくは健二のズボンを引っ張った。

「だから悪霊《あくりょう》がこの下に閉じこめられていて、神様が封じているってことを皆に知らせているんだよ」

　健二が自慢《じまん》げに説明した。

「えー、これ神様なの？　仏様じゃないの。剣をもって怒《おこ》った顔をしている仏様、見たことあるよ」

「この三匹の猿《さる》はなんだろう。これって日光の見ざる・聞かざる・言わざるとおなじだよね」とよし実。

「そうだよ。お姉《ねえ》ちゃんが六年生のとき日光のおみやげに買ってきてくれた、三匹の猿とすっかり同じだよ」ぼくも同じ意見だ。

「おまじないじゃないの。だから猿たち、わざと知らん顔なのよ」

「そうかもね」

「知らない年号《ねんごう》だからずいぶん昔のものなんだわ」

「お願いした人の名前もあるよ」

「こちらの石碑《せきひ》は字が書いてある。なんて読むんだろう。ぜったいお墓じゃないよ。七つそれぞれに意味があるんだと思う

よ」

　ぼくは（絶対にお墓《はか》じゃない）と思った。

「どれも神様か仏様に、なにかをお願いして建てた石碑《せきひ》だよ」

「枯れた花があるから今も誰かお参りしているんだわ」とよし実。

「触《さわ》らないほうがいいいんじゃない」由美は逃げ腰だ。

　ぼくたちは七つの石碑を眺《なが》めまわした。

　そのとき、左手の路地《ろじ》からおばあさんがやってきた。おばあさんは、

「ちょいとごめんよ」と言いながら石碑を拝みはじめた。

「おばあさん、このお墓のようなのおばあさんの家のもの？」

　由美が聞いた。

「いやーとんでもねー。講《こう》のものダヨ」

「講ってなーに？」由美がまた聞いた。

「庚申《こうしん》の日、みんなで集まるのヨッ」

「じゃー町会の集まりのようなもの？」

「町会の偉《えら》い人のお墓なの？」

由美はまだお墓にこだわっている。

「とんでもねえ。庚申の日、講のみんなでおまつりした庚申塔《こうしんとう》だヨッ」

「庚申の日ってなに？　だれかを罰《ばっ》する日？」

「もしかして子ども？」

「そんなことするはずないでしょうヨッ」

「でもこれ、子どもが仏様に仕置きされているよ」と健二。

「と、とんでもねー。これは子どもじゃなくて鬼《おに》ダヨ」

「えー、鬼！」

ぼくたちは思いがけない答えに驚いた。

「どういうことなの。おばあさんくわしく話して」

「あンまりむつかしいことはわかンないからネエー」

おばあさんは近くに古くから住んでいるという、嘉《よし》じいさんを教えてくれた。

ぼくたちは今日の探検の目的、岩淵水門《いわぶちすいもん》行きを完全に変更した。そして嘉じいさんをたずねることに意見が一致《いっち》した。ふんづけられている鬼のこと、それに三猿《さんえん》のことをどうしても知りたいと思ったのだ。

それほどめずらしくて、ひみつのありそうな石碑に思えた。

嘉《よし》じいさんの話

嘉《よし》じいさんの家はとても広くて、庭のたくさんの植木が、家を囲むように植えられていた。

嘉じいさんは日当たりのいい廊下で新聞を読んでいた。ぼくたちの話を聞くと新聞を脇《わき》に置き、話しはじめた。

「おまえたち、あの荒川放水路《あらかわほうすいろ》は人が掘って作った人工《じんこう》の川だってこと、知ってるかい？　大正時代のことヨ」

「もちろんおまえたちの生まれる前のことヨ。おまえたちのお父さんやお母さんだってまだ生まれていやしないヨ。そんな昔、昔のことヨ」

「ええ、荒川放水路は掘《ほ》った川だってこと、先生に教わったことがあります。

ねえ、よし実ちゃん」

「そういえば、掘《ほ》った土を入れた布《ぬの》のような篭《かご》を、二人で担《かつ》いで運んでいる人たちの模型、郷土博物館《きょうどはくぶつかん》で見たわ。あれ、たしか荒川《あらかわ》の放水路《ほうすいろ》の工事だった」

「そうダッ。あの七つの庚申塔《こうしんとう》はヨッ。川を掘る工事が始まったとき、川になっちゃう土地にあったものを集めたのヨッ。川底に沈めるわけにゃいかんでショ」

「あれってやはりだれかのお墓じゃなくて、庚申塔っていう塔なんですか」

「ではそれまでは、ばらばらにあったの？」

「そうヨッ。分かれ道や村境《むらざかい》に地蔵《じぞう》といっしょに立ってたのヨッ。昔は道しるべにもなっていたってサ」

「庚申さまっつう、庚申の日のお祭りがあってヨ。この日は世話番《せわばん》の家に集まって経《きょう》をあげたりヨ、食ったり飲んだりして夜を明かしたものヨ。なんでってヨッ、それは三シっつう虫をヨ。天に昇《のぼ》らせないためっていうのヨ」

「三シの虫ってなんなの?」

「人間の体に住んでるっつう三匹の虫ヨ。この虫はヨッ。庚申の日人間が寝るでショ。そうするとヨ、寝ている人の体の中からそっと抜け出してヨ、天に昇るんだナ。そして、その人の今までやってきた悪いことをヨ、天帝《てんてい》っつう天の神様にヨ、報告すんのヨ」

「へーそんなことあるの!」

「そうダッ。だから三シの虫が抜《ぬ》け出さないようにヨ、みんな朝まで寝ずに起きているってわけヨ」

「うそを言ったことや、いじめたことなども報告されるの？」

「その虫なんでも覚《おぼ》えているの？」

「そうダッ」

「三シの虫ってお腹の中にでも住みついているの？　気持ち悪いー」

「うそか本当か知らねえが、頭と腹と足にいるんだってヨッ。子どものころ、じいさんやばあさんから聞いたナ」

気味悪《きみわる》そうに由美は健二の足を見た。

「天の神様に報告されるとどうなるの？」由美が心配《しんぱい》そうに聞いた。

「それはヨ、天帝《てんてい》にいわれちゃったものはヨ、命をちぢめられるのヨ。死ぬってことヨッ。だから三シの虫はどんなことがあっても天にいかせちゃあなんねえ。おまえらはどうヨ。だいじょうぶかヨ？　悪さはしてねえかイ」

　ぼくたちは顔を見あった。

「わかった。あのふんづけられているのは、やはり子どもじゃなくて『鬼《おに》』なんだわ」

「ぼく、三シの虫をあらわしていると思うよ。そしてふんづけているのは、仏様の姿をした村人なんだ」

　ぼくは絶対にそうだと思った。

「おもしれえことを考えるナア。でもあれはヨ、青面金剛《しょうめんこんごう》といってヨ、庚申《こうしん》の本尊様なのヨッ」

「鬼が動けないように庚申の本尊様がふんづけているんだよね」

「三猿《さんえん》にはどんな意味があるんですか」よし実がたずねた。

「猿《さる》は青面金剛の使いだと言われている」

「おじいさん、おじいさんの家では今でも庚申《こうしん》さまってやっているの?」

と由美。

「いやー。夜っぴいて起きているなんてことはしねえナッ」

「でもおじいさん長生《ながい》きしているわ」

「この話、本当なのかしら」由美は信じられないようだ。

「迷信《めいしん》だよ。迷信だと思うよ」

健二はねずみの頭をふりながら、いやに力んだ。ぼくだって健二と同じ気持ちだ。

「迷信かしら。ちょっとちがうんじゃない」

とよし実。

ぼくは落ち着けなくなって、

「みんな長生きを祈ったんだと思うよ。ねーおじいさん」と助けを求めた。

（この話が本当なら、命がいくつあっても足りないや）ぼくはそう思ったんだ。


嘉《よし》じいさんの家を出たぼくたちは、庚申塔の小屋に立ち寄り、庚申塔をもう一度よく観察した。

青面金剛《しょうめんこんごう》や三猿《さんえん》にくらべて、鬼《おに》の彫刻《ちょうこく》は簡単《かんたん》で、雑《ざつ》なわけがわかったような気がした。

「おじいさんは猿《さる》は仏様の使いって言ったけど、あれって、ひょっとしたら『わたしは何も見ていないよ・何も聞いていないよ』って人間に味方《みかた》しているんじゃないの」

「ぼくもそうだと思うよ。そして口をおさえているのは『わたしは何を聞かれても言わないよ』っていうサインだよ」

ぼくたちは今までに聞いたことも、見たこともない、でも確《たし》かにあった遠い昔の生活をのぞいたような不思議な気がした。

翌日、

「おーい博士！　人はどうして死ぬのか知ってるか！」

教室に入るやいなや、健二は教室中を響《ひび》かせて忠夫《ただお》に声をかけた。

忠夫は（なーんだそんな知れたことを）と言わんばかりに、

「病気や事故にあってだろう」と答えた。

「ところがところが大違《ちが》いさ。天の神様に報告するやつがいるんだよ。その人がこの世でどんな悪いことをしたかってことをさ」

「それで天の神様が罰を与えるんだって」ぼくが言った。

「えっ、それで人は死ぬの？」

「そんなことー」っていう顔で、みんながこちらを見ている。よし実があわてて、

「昔の人はそう信じていたんだって」

「そんなこと。またかつぐんだろう」

その日の教室は三シの話でおおにぎわい。

「鉄平たちおもしろい物を見つけたな。庚申講《こうしんこう》は確《たし》かに日本中にあったし、皇室《こうしつ》や公家《くげ》の生活から、やがて庶民《しょみん》の生活に広まってきたって言われている」

いつの間にか山田先生も仲間入りしている。

「先生いつごろの話なんですか」

「ずーっと昔のことでしょう?」

「うん詳《くわ》しいことはわからないよ。自分たちで調べるんだな」

先生は、郷土博物館《きょうどはくぶつかん》に行くといいと教えてくれた。

「おい健二！　ぼくたち、探検隊《たんけんたい》を結成《けっせい》しないか。ぼくたちの町には、ぼくたちの知らない昔のことや、昔の物があちこちにあるみたいだぜ。ぼくが足立に引っ越してすぐにだって、《ぼんてん》っていう変わったお祭りを見たんだよ。ここはぼくたちのふるさとだろう。いろんなこと探して調べてみないか。ぼくたちの先祖が残したものなんだよ」

「うん、よくわからないけど、あの塔に、三シの虫の話があるなんて、不思議な気がするよ。由美とよし実も仲間に入れようや」

こうしてぼく、健二、由美、よし実の四人のふるさと探検隊が誕生《たんじょう》した。

綾瀬《あやせ》にもあった富士塚《ふじづか》

ぼくの反則事件《はんそくじけん》以来、校庭や道で六年生の姿を見かけると、ぼくはさっと逃げることにしている。ボールが蹴《け》りたくて、ムズムズしているんだけど一対六年生じゃ勝ち目なしだ。

サッカーが許されている公園に行ってみると、ここもよその学校のチームに占領《せんりょう》されている。今日もフェンスの外からよそのチームの練習を見ていた。昨日《きのう》だってそうなんだ。

(あーあ、つまんない。戸田村《へたむら》ではこんなこと考えられないよ)

今日は博物館に行くことにした。

十二時半。ふるさと探険隊は五兵衛橋《ごへえばし》に集合。大谷田《おおやた》まで歩くことになった。

つゆの晴れ間で、すがすがしい天気だ。綾瀬川って、コンクリートの土手に挟《はさ》まって流れている。深そうだ。水遊びできないのかなあ。

そのうち全員集合した。ぼくたちは元気に歩き始めた。綾瀬駅《あやせえき》の前の商店街までくると、

「新しいゲームが入荷《にゅうか》しているはずだから、ちょっと寄り道しようよ」

健二が言った。ぼくもおおいに関心があったので、みんなでおもちゃ屋に向かった。

（綾瀬の商店街ってすごく賑《にぎ》やかだ。戸田村《へたむら》にはこんな賑やかな所なかったなあ。でも少しごみごみしすぎるよ）

初めての所なので、ぼくはきょろきょろとあたりを見回しながら歩いた。その時だ、よし実が小声で「あっ！」と叫んで立ち止まった。

「あれ！」

指差《ゆびさ》すかなたに、武くんと四人ほどの六年生がいた。

「やばい！　逃げるんだ」

武くんたちはまだ気づいていないようだ。

いや、中の一人がぼくたちに気づいたらしい。指差しながらなにか言っている。

「おい早く逃げるんだ。かたまりになって逃げると捕《つか》まってしまうぜ。ばらばらになって逃げるんだ。合流地点《ごうりゅうちてん》は稲荷神社《いなりじんじゃ》。いいか。この線路をくぐり抜けて、あまり遠くに行かないうちに大きな神社がある。そこで会おうぜ」

そこまで言うと健二は走り出した。

ぼくたちも線路を目がけてばらばらになって走った。六年生がそのあとを追っかけてきた。

線路の反対側はすごく賑《にぎ》やかだった。道幅《みちはば》もあるし、何てったって自動車がすごい。人通りも激《はげ》しい。線路の両側ってすごいちがいがあるんだなあ。でもまいった。細い道が迷路のようだ。ぼくは家と家の間の細い道を、とにかく走った。しばらくして振り返ってみると六年生の姿は見えなかった。用心のため植木の陰《かげ》にかくれて様子を見ることにした。

しばらくして、ぼくは稲荷神社《いなりじんじゃ》をさがしはじめた。

周りは家に囲まれ、まるで谷底を歩いているようだ。神社の森なんて見つからない。ずいぶん遠くに逃げたものだ。みんなが待っているかもしれない。神社への道をたずねながらぼくは走った。

綾瀬稲荷神社は広かった。仲間はまだだれも来ていない。ぼくは境内《けいだい》にある小さな社《やしろ》（境内社）の後《うし》ろにかくれた。しばらくじーっとしていたが少し心ぼそくなったので、辺りを見回し境内に出た。みんなはどこにいるんだろう。

神社の裏手に回ってみた。由美とよし実がいた。

「おい。健二は」

「知らない！　わたしたち今までかくれてたんだもの」

三人で境内に出た。

「あーよかった。鉄平よくわかったなあ」

健二がやって来た。顔が真っ赤だ。

「あいつら、あきらめないんだ。いつまでも追っかけて来たよ」

「おい見ろよ！　あそこに富士塚《ふじづか》がある」

ぼくは神社の入口にある富士塚に気がついた。

「何だ！　これ」と健二。

（富士塚《ふじづか》って保木間《ほきま》だけにあるんじゃないんだ）

ぼくは、おばあちゃんから聞いた、保木間の富士塚の話を、探検隊《たんけんたい》の仲間に話した。

そして、

「おれ、大人の迷信ごっこだと思うよ。みんなはどう思う」

「変わってるわね。昔の人は」由美が変に感心した。

「あれー！　これ西之宮神社《にしのみやじんじゃ》にも確《たし》かあったよ。ごつごつの岩を積み上げた小さな山。確か、これと同じように、頂上に小さな神社のようなものがのっかっていたよ」

「なんだって！」

「ほーら、足立三丁目のさ」

「ますますわからなくなったよ。昔の人はあちこちに、こんな塚をつくったんだろうか」

「ひょっとしたら、鉄平くんの言うような迷信じゃないかもよ」とよし実。

「保木間の富士塚にも、字を彫り込んだ石が山のあちこちに立ってたぜ」

ぼくたちは柵《さく》の周りを見て回った。

「おい健二、こんな近くに富士塚があるなんて、おれ『迷信じゃないな』と思うようになったよ。この調子じゃ、足立区には何十って数ありそうだ」

「だれかに聞かなきゃわからないや」

「そうよ。庚申塔《こうしんとう》のことだって、おじいさんに聞いたから、いろいろなことがわかったんだもの」口をとがらせてよし実が言った。

「そうよねー」めずらしく大きな声で由美が答えた。

「博物館がいいって、山田先生教えてくれたじゃない」

「そうだ郷土博物館《きょうどはくぶつかん》に行こうぜ」

郷土博物館に行くことになった。そしてつぎの土曜日を約束した。

「あーっ。川が反対に流れている」

綾瀬川は今上げ潮《しお》らしい。海が近いんだ。川面《かわも》に浮《う》かんだゴミが川上《かわかみ》へ川上へと流れていく。

ぼくたちは土手の上から、プカプカと浮かんでいく藁《わら》の屑《くず》を、いつまでもいつまでも眺《なが》めた。

区立郷土博物館《くりつきょうどはくぶつかん》

1

今日は第二土曜日。つゆのはしりの雨もやんでまさに晴天。

ぼくたち探検隊《たんけんたい》は、再び五兵衛橋《ごへえばし》に集まった。こんどは失敗しないように自転車で綾瀬川をさかのぼって匠橋《たくみばし》を渡ることにした。橋を渡ってすぐに花畑運河《はなはたうんが》がある。運河沿《ぞ》いにぐんぐん走る。初夏の風がほほを流れていく。知らないおじさんが釣《つ》りをしている。

戸田村《へたむら》の土手の草のにおいがしてくるようだ。やがて運河を右折し用水路にそって行く。植込の道をジョギングのおじさんが通り過ぎる。のんびりしていていい所だ。

区立郷土博物館《くりつきょうどはくぶつかん》についた。テレビの時代劇で見るような門の奥に白壁《しらかべ》の建物があった。

入口を入ると目の前にものすごい山車《だし》があってびっくりした。見なれないものや面白いものがあちこちに展示されている。でも今日は富士塚《ふじづか》めざして一直線だ。

あった、あった！　二階展示場《てんじじょう》のケースにさがしていた富士塚の写真があった。

ずいぶん大きく拡大してある。

「あっ！　これ保木間《ほきま》の富士塚だよ」

ぼくは形を見てすぐにわかった。

「おい鉄平！　この地図見ろよ。保木間《ほきま》だろう、おい花畑《はなはた》にもあるぜ。小右衛門《こえもん》、足立三丁目、綾瀬《あやせ》、大川町《おおかわちょう》、千住、柳原《やなぎはら》、えーっとみんなで八つもあるよ」

「ほんと。足立区に富士塚が八か所にあるんだわ」

「そのうちの保木間と綾瀬と足立三丁目は見たってわけだ」

「柳原とか千住、大川町は荒川放水路《あらかわほうすいろ》の南側だ」

「やー。白い着物に墨で字を書いてある」

「それって白装束《しろしょうぞく》っていうのよ」とよし実。

「見てみろよ。みんな同じ白装束で、杖《つえ》をついて出かけるんだ」

「どこに行くんだ。あの富士塚にこんな格好《かっこう》して登ったって言うのか！

あんな小さな山にだよ。考えられないだろう。そんなこと大人がやって
いたのかあ」

「いいや。塚には登らないさ。本物の富士山に登ったんだよ」

「この装束に書いてあるこの人は、わたしのおじいさんだよ。おじいさ

んが手を通したと思うとなつかしいよ」
富士塚《ふじづか》を見学していたおじさんが、話してくれた。
「博物館の先生に聞くといろんなことがわかるよ」と、そのおじさんが教えてくれた。

2

博物館の先生はつぎのようなお話をしてくれた。
「江戸（今の東京）を中心に、富士山を信仰《しんこう》する富士信仰というものがさかんになったんだ。その人たちは富士講《こう》という仲間の集まりをつくり、富士山へ登り、拝んだり神社へ寄進《きしん》（寄付）をしたんだ。先達《せんだつ》という人がいてね。その人がリーダーとなって登山したんだ。代表になって富士に登った人は、ありがたいご利益《りやく》があるという札を持ち帰り、講の仲間にくばったんだ」

「ありがたいご利益ってどういうこと?」

「うん、家族が健康で、幸せでありますようにっていうことかな」

「講の仲間。『講中《こうじゅう》』っていうんだが、その人たちの代わりにお参りすることを『代参《だいさん》』っていってね」

「代参をする人は決まっていたの?」

「いいことに気がついたね。富士山に登るにはお金と時間と体力が必要だ。わかるだろう。毎年富士講の仲間全員が登ることはとても不可能だ。そこで講中でお金を集め富士詣《もうで》の順番を決め、交替《こうたい》で登ったんだ。たとえば三十人の講中だとすると、五人ずつの組をつくる。そうすると六年間で一回りする」

「六年に一度、富士山に行けるってわけですね」

「頭いいなあ」

「きみたちが不思議がっていたあの白装束《しろしょうぞく》は行衣《こうい》といってね、修行の服装なんだ。心や体を清めて登ったんだね。先達《せんだつ》につづいて、代参する人の名前が書いてあるだろう」

「先達っていう人はどういう人がなるの」

「うん、先達にはだれでもがなれるわけじゃないんだ。みんなを導《みちび》いていくんだから、富士山の信仰《しんこう》にくわしくて、なんども富士に登った人でなければー」

「じゃー富士塚《ふじづか》はなんのためにあるの」

「『七塚浅間参り《ななつかせんげんまい》』といってね、山に登れなかった人も鉦《かね》を鳴らしながら七つの富士塚を巡り参拝していたんだ。もちろん白装束の行衣、手っこう、脚絆《きゃはん》をつけてね。君たち、このことどう思う」

「よほど富士山に登りたかったんだね」

「ぼく転校する前、伊豆《いず》の戸田村《へたむら》にいたからよく富士を見ていたよ。きれいな山だし、登りたいって気持ち、なんとなくわかるよなあ」

「わかったわ。ひょっとしたら富士塚は、山に登れなくなったお年寄りのために造ったんじゃないの？　若いときに登っていた人たちのために……」

「それから登りたいのに病気などで登れない人」

「うん、それも考えられるね。昔は女人禁制《にょにんきんせい》といって信仰の山に女の人が登ることは禁《きん》じられていた。富士山もその一つだった」

「あーわかった。それでおばあさんなんだ。おばあさんのための富士塚ともいえそうだ」

健二が大発見でもしたように、頭をくしゃくしゃと引っかきながら大声で言った。

「姑《しゅうとめ》を送り出しながら『わたしもトシをとったら七塚浅間《ななつかせんげん》参《まい》りができる』と嫁《よめ》は楽しみにしていたそうだ」

「きっとみんな登りたかったんだね」

疑問に思っていた富士塚《ふじづか》のなぞがとけ、ぼくたちはとてもすっきりした。七月一日の富士山の山開きの日には、いまでも富士塚でお祭りをしているという。

「よし、七月一日の山開き、見にいこうぜ」

「うん行こう！　絶対に行こうぜ」

ぼくたちは約束した。

足立区には、現在九か所に富士塚が残っているってこともわかった。

3

夕はんのとき、

「膝の星をつくった山のこと、ぼくいろいろわかったよ。あれって富士塚って言うんだ」

とパパに教えてあげた。

「へー。それで何なんだ、その富士塚っていうのは」

ぼくは家族に博物館で見たり聞いたりした富士講や、七塚浅間参りの話をした。

「鉄平、パパより物知りになったじゃないか。足立もすてたもんじゃなかろう。こんどおばあちゃんの家に行ったとき、思い出の小学校に行ってみるか」

パパが言った。そして、

「たしかに富士山は美しい。静岡側から見ても、山梨側から見ても、神奈川側から見てもどこから見ても美しい。神々《こうごう》しいほどの美しさだ」

「雪をいただき、あのきれいな線のすそ野。本当に神様がこの世のためにお造りになった神様の姿としか思えないわ」とママ。

「ところでみんなは東武線の電車の窓から富士山が見えるの知ってるかい」

「うっそー」

「まさかあー」

「そう思うだろう。ところが見えるんだよ。小菅駅《こすげえき》と北千住駅の間だ。いや五反野《ごたんの》と小菅だったかな。それも空気の澄み切った冬の朝だけだ。

電車だとほんの一瞬だけど、よく見ると、ビルとビルの間に頂上が見える」

「こんなに家や高層ビルが建ったのは終戦後のことだから、それ以前はもっとよく、しかもいつでも富士山が見えたんだろうね。空気だってきれいだったわけだから」

「そうだったら江戸時代はもっとよく見えたんじゃないの。あの美しい富士山を見て、みんな自然に気持ちが洗われたんだと思うわ」珍《めずら》しくお姉ちゃんが感心している。

「神様の化身《けしん》と思ったのかもね」とママ。

「富士山を信仰《しんこう》した昔の人たちの気持ち、ぼく、何となくわかるなあ。そして登ってみたいと思う気持ちわかるよ。ぼくだって登ってみたいよ」

4

次の土曜日。おばあちゃんとぼくの家族の五人で熱海《あたみ》に行った。パパが東京に帰ってきたお祝いなんだって。

ホテルっていうのに、プールだのゲーム機など何にもないホテルだ。お姉《ねえ》ちゃんが、

「ここ保養所《ほようじょ》っていうのよ」と言った。

静かすぎて、なんとなくつまらなかった。やることもないのでホテル探検をした。

そして発見したんだ。ホテルのどの階にも大きな額《がく》に入った富士山の写真が展示されているのだ。〝雪をかぶった富士〟〝たくさんのひまわりの花の向こうに見える富士〟〝吹雪《ふぶき》の中の富士〟〝朝日や夕日と富士〟

すごい！。この保養所には富士山のとりこになっている人がたくさん来ているんだ。ぼくはお姉ちゃんに教えてあげた。

「不思議ねえ。富士山って、何と組み合わせてもすてきな絵になるのねえ」

お姉ちゃんは、ひまわりと富士の絵が一番好きだという。ぼくは吹雪の中の富士の絵が好きだ。満足した気持ちで部屋に戻《もど》った。

「ぼく、健ちゃんたちと富士山の山開きの日、富士塚《ふじづか》に行くんだ。今でもなにかやっているんだって」

「へー、その日いつなの」

「七月一日さ」

「そういえばパパが子どものころ、谷塚《やつか》の浅間《せんげん》さまのお祭りによく行ったなあ。浅間さまのご神体は富士山だったよねー、おばあちゃん」

「そうだったノー。晩《ばん》めしを早く終わらせて、みんな谷塚《やつか》まで歩いたよ。子どもも大人も楽しみじゃった」

「へー谷塚ってどこ」

「うん。隣の埼玉県に入ったすぐのところ」

「埼玉県まで歩いたの」

「ああ、県境の毛長川をわたればすぐさ。パパの家から子どもの足でも十二、三分で行けたさ。水神橋《すいじんばし》っていう橋が川にかかっていた。橋のたもとに来ると『埼玉に入るぞ』『東京に帰ったぞー』なんて足をもちあげて騒いだもんだ」

「あの浅間《せんげん》さまにも富士塚《ふじづか》があった？　おばあちゃん？」

「そういえばどうだっけネエ。おぼえてないネエー」

「カーバイトの下で、綿がしや金魚すくい、焼きいか、ヨーヨーなどを売る店がたくさん並《なら》んでいたなー」

楽しみにしていた熱海《あたみ》の夕食は、富士山と富士塚の話の花ざかりになった。

（こりゃー大変だ。ぼくらの知らないことや、おもしろそうな所が、次々に出てくる。みんなで計画たてなくちゃ）

今年の夏休みはいそがしくなるぞー。ぼくは大きな深呼吸をした。

仲なおり

六月の半《なか》ば。今年は雨の多いつゆだ。ここのところ、毎日テレビゲームに熱中している。学校でもマンガの本が人気だ。マンガ本なら優《ゆう》くん。

ソフトなら元ちゃんだ。たくさん持っている。ぼくもいま人気の《マウスの鉄人《てつじん》》のソフトを借りた。

《マウスの鉄人》のソフトはいま引っ張《ぱ》りだこだ。家に健二を呼んで一緒《いっしょ》に見た。

やがてぼくたちは立ち上がってキックをはじめた。

しばらくは楽しかったけど、

「やーめた。なんだかつまんないよ。何かおもしろいことないかなあー」

とぼく。

「そうだよなあー。ここんとこサッカーらしいサッカー、してないよなあ」

「力いっぱいボール、蹴《け》りたいなあ」

「ヘディングしてボールを捕《と》らえ、すぐに味方にパスするんだ。健ちゃんとったか！　シュートだ！」

いつの間にか、部屋の中でぼくたちはボールなしのサッカーをはじめた。

「あーあ、つまんない！　力いっぱいやれないもんなあー」

ぼくと健ちゃんは寝転《ねころ》がって天井《てんじょう》を見た。まだ雨は降っているらしい。しとしとと音が聞こえてくる。

翌日《よくじつ》のこと。朝寝坊《あさねぼう》をしたぼくは教室に急いだ。いつもと様子がちがう。教室の入り口に人だかりがある。見ると六年生だ。あの武軍団《たけしぐんだん》だ。

（やばい！）ぼくは逃げた。武くんが狙っているのはぼくなんだ。

転校して間もなく、六年生のボスの武くんをボールで倒したことや、武くんが先生に叱《しか》られたことを思い出した。

（あれはぼくが悪かったんだ。なのに武くんはみんなの前で叱《しか》られて……）

（でもあれから三か月以上も過ぎているのに……）

一時間目の始まりを知らせるチャイムが鳴ると六年生は帰っていった。

「おい鉄平、いま来たのか！　武軍団《たけしぐんだん》が話があるって……。昼休みにぼくと鉄平で校門のそばの柳《やなぎ》の木の下に来いってさ」

「あの時の仕返《しかえ》しだろうか。いつまでもしつっこいなあー」

「遠くから見てて、危《あぶ》なくなったら助けにいくよ」亨《とおる》が元気づけてくれた。

「先生を呼びにいくわ。それが一番よ」

クラスの女の子たちも味方《みかた》をしてくれた。

(仕方《しかた》ないさ。ぼくが悪かったんだから……)

ぼくはあやまる決心《けっしん》をした。

給食をかっ込んだぼくと健二は、教室の窓《まど》から校門のほうを見た。いるいる。もう来ている。

急がなくちゃー。ぼくと健二は階段《かいだん》を駆《か》け下りた。

二手《ふたて》に分かれて六年生に近づいた。どちらかがつかまったら、一人はサッと逃げ、助《すけ》っ人《と》を連れてくるっていう作戦《さくせん》だ。

「おいお前たち。実はお前たちに頼《たの》みがあるんだ」

「え!」ぼくらはひょうしぬけした。

頼みとは、サッカーのチームに入れということだった。ぼくも健二もその場ですぐにオーケーした。一組や三組にも声をかけたらしい。

「今日の五時に校庭に来い」

そう言い残して武軍団《たけしぐんだん》は帰っていった。

五時近く、一人二人と放課後の校庭に集まったのは、みんな六年生。五年生は五人。二組からはぼくと健二だ。

「おい！　だいじょうぶか鉄平」

「ぼくたちに頼《たの》みってなんだろう」

六年生にやられるんじゃないかと、まだ落ち着かない。最後に武くんと、お兄さんふうの大人の人がやってきた。武くんはみんなのほうを見ながら、

「この人がコーチの林さん。お父さんの友達《ともだち》なんだ。林さんがコーチやってくれるので校庭を使う登録《とうろく》ができたんだよ」

「よろしくお願いします」みんなはペコンと頭を下げた。

コーチの話では、秋にブロックサッカー大会がある。それにはチームに二人、五年生を入れる決まりがあるという。

こうして急に六年生と仲《なか》なおりをすることができた。そして大好《だいす》きなサッカーもやれるようになった。

練習は月、水、金、日の週四回。五時から校庭で。日曜日は朝十時から昼まで。

一軍、二軍をつくり練習試合《れんしゅうじあい》もやる。

「これで力いっぱいボールが蹴《け》れるぞ。おい健二、よかったなあー」

「うん腕《うで》じゃない足が鳴るよ」

今日はいい日だった。

試合か、富士山開きか

六月に入って雨の日以外は、かならずサッカーの練習に行った。ぼくも健二も欠席なし。

六年生はやはり馬力《ばりき》がある。みんな汗びっしょりになってボールを追う。夕食を終えるともう眠い。宿題ができなくて先生に何度か注意された。でもやめられない。サッカーをやった日はなんとなく満足なんだ。それに一軍にはどうしても入りたい。

一軍入りはぼくと健二の夢なんだ。

そんなある日、急いで帰ろうとしたら昇降口《しょうこうぐち》で待っていた由美とよし実に、

「鉄平君、大川町《おおかわちょう》の富士山の山開き、どうするつもりなの？　今日はもう十九日よ」

「行かないのなら由美ちゃんと二人で行くから」

と声をかけられた。

「そうだ。そうだったね。すっかり忘れていたよ。健二と話してみるから……」

七月一日は日曜日。初めてのミニ試合の日だ。五人の五年生のうち、ぼくと健二が一軍で残りの二人は二軍。一人は補欠《ほけつ》。一軍にいるってことはうれしいけど、厳《きび》しいんだ。初めての試合に欠席したらどうなるか。ぼくは迷った。健二はサッカーに行くっていう。

「でも健ちゃん、サッカーの試合は秋までになんどだってあるだろう。山開きは一年に一回なんだぜ。そうだろう……」

「おれだって山開き見たいよ。だけど一回目の試合だぜ。休んでいいのかー」

ぼくたちはまた考えた。とても迷ったけど、

「休みはこれだけ。あとは絶対に休まない」ということで大川町の氷川《ひかわ》神社《じんじゃ》富士塚《ふじづか》の富士山開きに行くことにした。

「ぼくたちふるさと探検隊《たんけんたい》だものなー。あした由美とよし実に話さなくちゃ」

「あいつら、おれたちを見なおすぜー」

夕方の練習でぼくたちは林コーチに「日曜日の練習を休む」と伝えた。

林コーチは、

「どうかしたんかね。仲間とうまくいかないのか?」とたずねた。

ぼくも健二も、「いいえ。家の都合《つごう》で……」と答えた。

富士山参《ふじさんまい》りと大川町《おおかわちょう》の富士塚《ふじづか》

昨日までの雨はすっかり上がり、いい天気だ。つゆも、間もなくあけるらしい。晴れ渡った空を見て、今日の試合のことをなんども思い出し、なんども気になった。健二も同じだと思う。

「決めたことだ。くよくよしっこなし」

「そうだよな」

ぼくと健二は約束《やくそく》の場所に急いだ。大川町《おおかわちょう》の富士塚は氷川神社の境内《けいだい》にあるらしい。

ぼくたちふるさと探検隊《たんけんたい》は十時に小菅駅《こすげえき》に集まった。千住で電車を降り、そこから千住新橋《せんじゅしんばし》まで歩くことにした。千住の町は綾瀬《あやせ》や竹の塚とはちがってあまり高い建物はないけれど、店が軒《のき》を並べすごく賑《にぎ》わっている。

（こんな賑わった所西伊豆《にしいず》にはないなー）ぼくはきょろきょろ見回しながら、みんなのあとについていった。

千住新橋は荒川放水路《あらかわほうすいろ》にかかっている橋で、すーっと伸びた橋は、広い川をひとまたぎしている。

「そばから眺めるときれいな橋ね」

「土手の緑もきれいだし」

由美とよし実はやたらと感心している。すごい交通量だ。それも全部自動車。パパの話では、

「荒川放水路には同じ役目をしている橋はたくさんかかっているが千住新橋は、国道四号線が走っている。四号線は都心《としん》を通り、その先羽田空港《はねだくうこう》や東名、中央道《ちゅうおうどう》につながる。名神《めいしん》から九州、四国などへも通じている。もちろんこれ以外にも道はあるけどさ」

ぼくは「四号線は交通の要路《ようろ》だ」と言った、パパの話を思い出しながら、新橋を眺めた。

大川町《おおかわちょう》の氷川神社《ひかわじんじゃ》は荒川の土手のすぐ近くにあった。境内《けいだい》は大木に囲まれている。

「おーい、急げ！　すげーぜ！」

駆《か》け出していった健二が鳥居《とりい》の前から大声で呼んだ。

ぼくたちは走った。すごい！　色とりどりのテントで境内はいっぱいだ。

「おい何軒《げん》あるか数えようぜ」

「一、二、三、四、五……」

「すごーい、十九軒よー」

「お好み焼きにソースせんべい、焼きそば、それにタコ焼きや、焼きとりやさんもあるぜ」

「おもちゃやだ。あれ、あんず飴《あめ》やだ」

「おいみんな、小遣《こづか》いを持ってんのかあー」

健二に言われてぼくは財布《さいふ》の中を調べた。由美もよし実も調べた。

「知らない所へは、お金持っていっちゃいけないって、ママが言うから……」

由美が小さな声で情《なさ》けなそうに言った。

「おい、見てみろよ。お好み焼き、五百円だって、これじゃだめだ」

「健ちゃん、お店があるって言わなかったじゃない」

「おれだって、お店が出ているって知らなかったよ。仕方ないだろう」

とにかく、持っているお金を全部集めた。

「全部で、九百二十円だ」

それぞれがほしいものをいって、あんず飴四個と、綿がしとするめを買った。

「お祭りのにおいがするよ」

「帰りは歩きだぞ」

「がってんだー」

ぼくは大きな声で答えた。

食べながら境内《けいだい》を歩いた。歩けないほどの人出だ。きのうは宵宮《よいみや》だったらしい。

「今日は日曜日だもんなー。人が多いわけだよ」

神社の左側に富士塚《ふじづか》があった。塚の周りや社《やしろ》の上は新しいしめなわで飾《かざ》られていて、なんとなく神様がいそうだ。

「ずいぶん大きいね」

「石が光ってる」

「やっぱり一合目、二合目、三合目～って彫《ほ》った石が立っているよ」

「それに頂上には社があるわ」

「富士塚って大きさや高さは同じじゃないけど、頂上に小さな社があったり、頂上までの間に石が立っているのはみな同じだね」

「それと富士山の岩を使っている」

しばらくして神主《かんぬし》さんを先頭《せんとう》に、十人ほどのおじさんやおばさんがやってきた。

「ねー。あの人たちのこと『講中《こうじゅう》』っていうんじゃないの」

「そうかもね」

神主さんと十人ほどの人たちは富士塚の左側にある小さな祭壇《さいだん》の前まで行き、神主さんと二人の人が段の上に上がり、残りの人は全員その前にある椅子《いす》に腰掛《こしか》けた。

神主さんの祝詞《のりと》がはじまった。氷川神社と書いたテントの中にいる人たちも、椅子の人たちも頭を下げている。お祓《はら》いが終わると、講中の人たちは順番に玉串《たまぐし》をお供《そな》えして、お神酒《みき》（神様にお供えしたお酒）を飲んだ。これで山開きのお祈りは終わった。

「へー、富士の山開きって富士塚《ふじづか》でやるんじゃないのかー」

「そうだよね。この小さい祭壇《さいだん》が富士山なのかー」

ぼくと健二がぶつぶついっていると、袴《はかま》を着《つ》けた白い足袋《たび》のおじさんが
「あの小さい祭壇は『お仮《かり》や』って言ってね、神様を移《うつ》してあるんだよ。ほーら、一番高い段の右端に小さな厨子《ずし》があるだろう。あれがお山の神様なんだ」

ぼくたちは小さな木の箱に入っている神様を見た。

「おじさん、この旗《はた》なんなの？　りっぱな旗ですね」

富士塚の鳥居《とりい》の脇《わき》に立っている、黒で縁《ふち》取られた赤い大きな旗を指差《ゆびさ》

して、よし実がたずねた。

「あれは『おおまねき』って言うんだ。りっぱだろう。その下にある白い小さな旗を『まねき』といってね、富士参拝《ふじさんぱい》には必ず持っていった。『おおまねき』も富士神社に持っていって飾《かざ》ったものだ」

「今も富士山に登っているんですか」

「いいや。登ったのはわたしの父親までだったな。でも山開きのお祭りはいまでも続いているよ」

「いつまで続けるの？」

「それはわからない。先祖が大事に守ってきたお祭りを、君たちがどんなふうに考えるかということで決まるんだな」

「………」

「………」

「あの『おおまねき』の後《うし》ろを見てみな。このまねきは、いつ頃作ったものかわかるよ」

「『元治元年』って書いてある」

健二が素《す》早く読んだ。

「元治は江戸時代だ。今から百四十年ほど前になるかな。その頃ご先祖がつくったものだということだね」

「おもてのあの模様《もよう》は何なんですか？」

由美はのぼりを指差《ゆびさ》した。

「あれはこの講《こう》の印《しるし》だよ」

「だから富士神社に飾《かざ》ったんだね」

「きみたちの学校にも校章《こうしょう》ってのがあるだろう。それと同じだね」

ぼくたちはわかったというように頷《うなず》いた。

お仮《かり》やの横には数えきれないほどの「まねき」が並《なら》べてある。あんなにたくさん富士山に登ったのだろうか。

ぼくたちは講のおじさんにお礼を言って、神社の森を出た。

「来年もまた来ようよ」

「こんどはお小遣《こづか》い持ってね」

こうして富士山開きの探検は終わった。

その後、荒川土手に駆け上がり大きな深呼吸《しんこきゅう》をした。広々とした川に、モーターボートが一隻《せき》、波をけたてて川上《かわかみ》に向かって突き進んでいった。

ぼくたちはボートに向かって、「おーい」「おーい」と叫《さけ》びつづけた。

武くんのおじいちゃん

1

月曜日。ぼくはサッカーの試合に欠席したことをあまり気にしていなかった。富士塚《ふじづか》の探検に満足したし、それに休むことをコーチに届けてある。健二もぼくと同じ気持ちだと思う。

五時に練習に行った。ほとんどの仲間が集まっていた。ぼくを見た武くんの顔がいつもと違う。

案のじょう、いつものように「おっス」とあいさつしてもみんな知らん顔だ。健二が来たときもやはり同じ。（なにかあったな）ぼくはピーンときた。

一軍が二軍に負けたのだった。一軍キャプテンの武くんが、ぼくと健二のこと、カンカンに怒《おこ》っているらしい。

「試合に欠席するなんて、あの二人は生意気《なまいき》だ。そんな無責任なやつは一軍にはいらない」

そしてぼくらは今日から二軍に回されるというのだ。

うわさどおり「今日から二軍で練習するように」とコーチに言われた。

「よーし覚えていろ。絶対に一軍をやっつけてやるから。なあ健二」

「そうだよなー『もう一度一軍に入ってください』と言わせてやるから」

一度の試合もなしに、二軍に回されたことにぼくも健二も憤慨《ふんがい》した。

でもぼくも健二も、試合に出なかったことを後悔《こうかい》しなかった。

「おーい健二いくぞー」

「オーケー」

「シュート！」「もう一度シュート！」

今日は腹立《はらだ》たしいので夢中でボールに食いついていった。

練習を終えたぼくたちは汗《あせ》をぬぐった。汗びっしょりだ。七月に入ると暑さで一段と練習はきつくなる。五年生の一人が落伍《らくご》してしまった。

帰りに武くんが近づいてきた。いい事、悪い事に、なんとなく武くんは、ぼくらとからみあってくる。

「おい、武だ。やばいぜ、急ごうぜ」

ぼくたちは急ぎ足になった。文房具《ぶんぼうぐ》やの角で追いつかれた。

「なぜそんなに急ぐんだ」

「べつに！」

「逃げてるんだろう！」

「そういうわけでもないよなあー」

「試合の日、なぜ来なかったんだ」

「家に用事があるからって、コーチにとどけたよ」

「健二もそうか？」

「そうだよ」

「二人とも同じ理由ってのはおかしいと思わないか」

「……」

「……」

「怒《おこ》りはしないから本当のこと言えよ」

「……」

「……」

ぼくはあの日、富士塚《ふじづか》を探検したことを話した。

だまって聞いていた武くんは、

「そんなことを調べて、おもしろいのか。健二もそうなのか」

「サッカーよりおもしろいのか」「信じられん」と言った。そして「これからも探検をつづけるのか」と聞かれた。

「両方ともつづけたい。この間はだめだったけど練習や試合もやりたいんだ」

ぼくも健二も、暗くなるのも気づかず、武くんに気持ちを打ち明けた。

次の日校庭で武くんに呼び止められた。

「お前たちの探検って、形のある物だけを調べているのか」

「え！　それって、どういうこと」

「うん、ぼくのおじいさん。伊興《いこう》っていう所に住んでいるんだ。そこはお母《かあ》さんの生まれた所さ。そのおじいさんが八十四歳《さい》でね、生きてる化《か》石《せき》なんだよ。昔のことよく覚えてるんだ。ぼくらとは、ちっとも話が合わないんだけど、なにか聞いてあげなきゃいけないような気持ちになるんだよな。聞いてあげるって言うより、聞く義務のようなものを感じるのさ」

「よくわからないけど、足立の昔のことだったら形で残っていなくったって……。なあ鉄平」

「うん。そうだよ。武先輩《せんぱい》、探検隊をおじいさんに紹介《しょうかい》してください」

こんどの日曜日、武くんの紹介でおじいさんに会うことになった。

伊興《いこう》は東武線《とうぶせん》の線路の西側になる。竹の塚駅を降り西口に出る。ぼくたち四人の探検隊《たんけんたい》と武くんの五人でおじいさんの家に向かった。東口とはちがい落ち着いた街だ。ここなら奥のほうに入れば、ザリガニくらいはいるかもしれない。

武くんの後について、ぐんぐんと街の中ほどに入っていった。所々に畑はあるが、田んぼは見あたらない。あとは家、家、家だ。ザリガニどころではない。ここも都会だ。

おじいさんの家は、道から奥まったところにあった。植木や庭木がたくさんある大きな家だ。

「ごめんください」と言ってもだれも出てこない。留守《るす》のようだ。ぼくたちを見て犬がものすごいいきおいでほえた。

庭から中を見ると、おじいさんらしい人が、テレビをつけっ放しで、うたた寝をしている。武くんが「おじいちゃん。おじいちゃんぼくだよ、武だよ」と大声で叫《さけ》んだ。

おじいさんはやっと気づいたらしく、顔を上げ周りを見回した。そしてやおら立ち上がり隣《となり》の座敷《ざしき》のふすまを開け、入っていった。と思ったら、やがて出てきた。そして不思議だと言わんばかりに右へ左へと頭をかしげた。

「おじいちゃん！　ぼく。ぼくだよ」

庭に目を移したおじいさんは、どうやらぼくたちに気がついたらしく、

「おー武か。いつ来たの」

と言いながら縁側《えんがわ》に出てきた。それでも何か気になるらしくしきりに後《うし》ろを振り返る。

「おじいちゃん、なに探《さが》しているの」

武くんが声をかけても、

「うん、うん」と言いながら後ろを振り向いている。健二が、

「おい、テレビが気になるらしいぜ」

と言った。

テレビにはふんどし一枚《まい》のおおぜいの青年がたいまつをかざして、神社の坂道をかけあがっている映像《えいぞう》が映《うつ》っていた。

「あっこれヨ！」

おじいさんが急に叫んだ。

「どうしたのオ？　おじいちゃん。まあた夢でも見たんじゃないの」

笑いながらおばさんが言った。おばさんはおじいさんの子どものお嫁《よめ》さんだ。

「バカなこと言うな。アタシも若いとき、この若者みてえに燃えたことがあってヨッ」

そう言うとおじいさんは大きくため息をついた。

「おじいさんその話をして……」

ぼくと健二が同時にお願いした。おじいさんは不思議そうな顔をしてぼくたちを見た。

「そうなんだ。きょうはおじいちゃんに昔の話が聞きたくて来たんだよ」

武くんが言った。おばさんはにこにこしながら、「おじいちゃんお話の相手ができてよかったね」と言い

ながら部屋《へや》を出ていった。

「おじいさん若い頃なにに燃えたの」

「いやあいやあーっ。アタシだけじゃないヨ。村中のみんなが燃えたのヨッ」

「お祭り？」

「いっやあーっ。祭りじゃないが、祭りのようなものかネエ。大般若《だいはんにゃ》ダッ、大般若会《だいはんにゃえ》ってヨ。般若経《はんにゃきょう》っつうありがたいお経《きょう》の入った箱が村中を回るのヨッ。そのころの伊興村《いこうむら》は。六つのズシに分かれていてヨ。順番に送られていくのヨ」

「なぜそんなことをするの？」

「まあ厄払《やくばら》いってことダナ。家の中に病人が出ないように、みんな元気で働けるようにみんなで祈ったのよ。病人が出ると働き手がなくなるでショ。働き手がないと農業はできないでショ」

「稲《いね》かりになると『猫《ねこ》の手も借りたいほど忙《いそが》しい』っていつか本で読んだことがあるわ」よし実が言った。

おせんべいとお茶を持ってきたおばさんが、「農家の忙しさは今の人たちにゃあ、わかんないでしょうねえ」と言った。

「お経の入った箱、だれが担《かつ》ぐの」

「お経の入った箱と簡単《かんたん》に言ったって、お経の本は折ってたたんであってナア。それが六百巻《かん》もあってヨ、百巻ずつ木箱に入れる。六百巻だと六箱できるでショ。それをムシロにつつんでヨ。箱が動かないようにがんじょうに縛《しば》るのヨ。それに丸太の棒《ぼう》を通してヨオ。こんなふうにヨ」

おじいさんはよたよたしながら、でも動かないように足で踏《ふ》ん張《ば》り縛る手つきをした。

「それからどうするの？」

「重かったの？」

「お経《きょう》は紙に書いてあるわけでしょう。数は多くてもそんなに重くはなかったんでしょ」ぼくの思っていたことを、よし実がたずねた。

「いやあいやあーっ、一棹《さお》（箱）が十貫目《かんめ》ぐらいあったネエー」

「その重さ、今で言うと何キロぐらいの重さなの」

「そうね。三十キロぐらいかな」おばさんが教えてくれた。

「六棹じゃ百八十キロにもなるわけだ」

「百八十キロなんて見当《けんとう》つかないや。相撲取《すもうと》りだったら誰だろう」

「それ、何人で担《かつ》ぐの？」

「後《うし》ろと前。二人でヨ」

「二人で担いでなにをするの」

「ズシの家をぜーんぶ回るのヨ」

おもしろい話なので、みんなでつぎつぎに質問した。

「大般若《だいはんにゃ》の日は、どの家でも、しょうじやふすまをはずすの。お経が座《ざ》敷《しき》に入れるようにするの。担《にな》い手がわらじを履《は》いたまま座敷に上がれるようにね。土間《どま》から座敷までズッとござか、ムシロをしいて道をつくるの」

おばさんもいつの間にかぼくたちの仲間になって説明をしてくれる。

「ズシって今の町会のようなもの？」

「まあー似たようなもんだけど、十五、六軒《けん》の集まりのことヨッ。今は伊興《いこう》も隣《となり》の古千谷《こじゃ》の境まで家があって人が住んどるけど、アタシが子どもの頃はずーっと田んぼでヨッ」

おじいさんは、昔をなつかしむように、顔を上げ遠くを見つめた。

「人が住んでるところだけズシっていって、伊興《いこう》村にはそのズシが六つあったの」

おばさんのお母《かあ》さんは隣《となり》村の舎人《とねり》から伊興にお嫁《よめ》にきたらしい。せまい田んぼみちを通ってお嫁入りしたんだって。

「六つのズシは田んぼの中ごろに集まっていてヨッ。大般若《だいはんにゃ》は六つのズシを順に回ったのヨ。村中の田植えが終わった六月の二十七・二十八日の二日でヨッ。ズシの男がみんなで交代《こうたい》で担《かつ》いだのヨッ」

「おじいちゃん、大般若経の包みはズシからズシへとわたされていったんでしょう」

「そうダッ。だから大変なのヨッ。自分のズシを回り終わると、大般若は隣《となり》のズシにわたすわけヨ。だけどヨッ。『はようよこせ』『いやあ、わたさねえ』と、うばいあうのヨッ。酒は入っているし、気は立ってるでショ。フラフラしながら、それでも棹《さお》ははなさなかったもんヨ」

「わかった。テレビのあのはだかの人たちと同じだね」

ぼくの言葉に、みなうなずいた。

「お酒を飲んだの」

「そりゃ祭りだもの。どこの家も酒をふるまってくれるサ。やたら飲んだもんヨ」

「六つのズシって今の伊興のどのへんなの」

「そうよなあ。すっかり変わっちゃったからネエ。大般若の箱は薬《やく》さま(薬師寺《やくしじ》)を出て、薬さまにけえった(帰った)。南は折戸《おりっと》(西新井三丁目)まで行ったヨ。なんてったって二日間かけて村中を一回りするのヨッ」

大般若は伊興の年一回の大祭りだった。神輿《みこし》などなかった伊興村では、氷川《ひかわ》さま（氏神様）の祭りより楽しみだったと、おじいさんは言った。

「経箱の後からついて回ったわあ。この日はお菓子《かし》や果物《くだもの》がもらえたの。屋根からまいてくれるところもあったねえ」

小さかったおばさんも、大般若《だいはんにゃ》のことを「待ちどおしかった」という。きっとそうだったんだ。だから五十歳や八十歳をすぎても、まだ覚《おぼ》えているんだ。

「今とちがって、昔はなんの楽しみもなかったからネエ」

おじいさんもおばさんも同じことを言った。

伊興《いこう》村では戦争が終わって間もなく、大般若はいつの間にかやらなくなったらしい。

「人がおおぜい住むようになったし、道も危なくなったし、時代が変わったのよなあ」

おじいさんは淋《さび》しそうにつぶやいた。

「おじいさん経箱が通った道おぼえてる? 歩いてみたいなあー」

「いやあーっ。もうわかんないネエーッ。道もずいぶん変わったしヨ」

「いつから村が変わってきたの」

「昭和四十五、六年ごろかな……。昭和でいうと今、七十七年だから、三十年くらい前からかのう」

「だから、ぼくのパパが子どものころは、田んぼがあって、ザリガニもいたんだ」

ぼくはパパの言ってたことがなっとくできた。

「そうダッ用水路にはホタルもいたのヨ。夏なんか真っ暗な中に、ピカッピカッと光っていたもんヨ」

「すずしい風がふいていたねえ」

「真っ暗になるほど家がなかったの？」

「そうヨッ。ずーっと田んぼでヨ。竹の塚の駅から見えるのは長勝寺《ちょうしょうじ》の木だけだったんだからっ」

「そう、あの木は目じるしになっていたねえ。四、五本もあって、ずいぶん大きい木だけどさ。今は近くまで行かないと見えないものねえ」

子どもの頃を思い出したように、おばさんが言った。

「そうそう、そういえば狐《きつね》にだまされた話、子どもの頃よく聞かされたわ」

「どんな話」

「聞きたい！」

「聞かせて！」

「それは秋の夕方のこと、お百姓《ひゃくしょう》さんが農良《のら》（田畑のこと）で仕事をして、ふと振り向くと自分のズシの方向が真っ赤になっている。『あっ火事だ』と驚《おどろ》いた。半鐘《はんしょう》もなっているようだ。お百姓さんは鍬《くわ》も鎌《かま》もなげすてて、とんで帰ったんだって。ところが家に近づいてみると、火事なんてなかったんだって。

それからこんな話も聞いたねえ。こんどは夜のこと。稲《いね》を育てるのに水はなくてはならないの。夜になると、小さな水車のような機械をふんで、田んぼに水を入れるのね。

ある日の真夜中《まよなか》のこと。お百姓さんが一生懸命《いっしょうけんめい》水車《すいしゃ》をふんでると、向こうのほうからちょうちんを下げた人がやってくるんだって。『こんな夜ふけに』とお百姓さんは思ったらしいの。そのうち、あかりはだんだんと近づいたので、お百姓さんは『こんばんは』ってあいさつをしたんだって。するとその人は、こちらを見たんですって。ところがほほかぶりの中は狐《きつね》の顔だったんだそうな」

「こわかっただろうな」


おじいさんの家を出た。ぼくたちはしばらく無言《むごん》で歩いた。夕方になっていた。

家々に電気がついた。街灯《がいとう》もともった。とても明るい。おじいさんやおばさんの話が信じられない。草一つないコンクリート道を竹の塚駅へと急いだ。

「昔のこと知るって楽しいよなー」

健二がぽつんと言った。

「そうだよなー。だけどサッカーも一生懸命《いっしょうけんめい》やろうぜ」

武くんが言った。

2

十月。ブロックサッカー大会は、十一月二十三日勤労感謝《きんろうかんしゃ》の日と決まった。

ぼくも健二も一軍に復帰《ふっき》した。毎回の練習で一、二軍ともかなり力がついてきた。試合までにまだ日があるので、監督《かんとく》は「胸を借りる」といってAブロックへ試合を申し込んだ。

Aブロックも強豪《きょうごう》らしい。試合はあしたの日曜日、Aブロックの校庭だ。あしたの試合にそなえてきょうはシュートとパスの特訓《とっくん》だ。

「パス。そう。そこで一夫《かずお》はつぎにボールが動くと思う位置《いち》に移動《いどう》するんだ。ここだと思う位置《いち》に移動《いどう》してみろ」

「自分がシュートして、点を入れようなんて思うな。サッカーはチームゲームだぞ」

今日の監督《かんとく》はきびしい。ゲームをなんども止めては注意をする。

みんな汗《あせ》だくでボールを追っかけた。

武くんが呼ばれた。校庭のすみのほうに武くんのお母《かあ》さんがいる。監督と武くんとお母《かあ》さんは、なにやら話し合っている。

あとで聞くと武くんのおじいちゃんが、けさ早く、亡くなったというのだ。

「えー。あのおじいさんが！」

（あんなに元気そうだったのに）ぼくも健二も信じられなかった。

日曜日はおじいさんの葬式《そうしき》だった。武くんは試合に来なかった。

「キャプテンだもの、武くんきっとどうしようかって、迷《まよ》ったと思うよ。健二だったらどうする」

「うーん。ぼくも葬式のほうにすると思うよ。鉄平は？」

「あのおじいさんだもんな。ぼくも葬式のほうにする」

練習試合は1対0でAブロックに勝ったけど、二人はさみしい気持ちで家に帰った。

（もうおじいさんに昔の話聞けないんだ。昔のこと知っている人がいなくなる）

ぼくは足立に転校してから今日までに、ふるさとのことを話してくれたお年寄りの顔を思い浮かべた。

再び郷《きょう》土《ど》博物館《はくぶつかん》へ

武くんの友達《ともだち》の、香代《かよ》ちゃんと友《とも》ちゃんが仲間に入ったので、ふるさと探検隊《たんけんたい》は総勢《そうぜい》七名になった。

今日は日曜日。サッカーの練習もないので、探険隊全員で、歩きで郷《きょう》土《ど》博物館《はくぶつかん》へ行くことになった。五兵衛橋《ごへえばし》十時集合。

水の流れがあり、歩道には植木や街路樹《がいろじゅ》も植えられたうつくしい散歩《さんぽ》道《みち》だ。そうだ五反野《ごたんの》にも東武線の線路の下にあった、あの散歩道と同じだ。

「足立ってきれいな小さい川が、あちこちにあるんだね」

ぼくはつぶやいた。

「昔の用水路《ようすいろ》が生まれ変わったのよ」

「さすが社会科に強い香代ちゃんだ」武くんが言った。

「用水路って昔の小さな川でしょう。ねえ鉄平ちゃん。よく聞くよね」

とよし実。

「足立って昔、農村だったこと知ってるでしょう。それに、お米は水がなければできないでしょう」

「うん、武くんのおじいさんが、そう言ってた」

「だから足立中に水を流すには、たくさんの用水路が必要だったと思わない？」

（パパが四つ手で魚をとったっていうのは、川じゃなくて用水路なんだ。でもおばあちゃんの家の近くにはこんな親水路などないよなあ。こんど行ったら探してみよう）

「用水路《ようすいろ》のこと調べてみると、おもしろいと思うのよ」

ぼくの心を覗《のぞ》いたように友ちゃんが言った。

「な鉄平、二人は探検隊《たんけんたい》にぴったりだろう」

親水路とよばれている昔の用水路にそって、七名の探検隊は博物館《はくぶつかん》をめざして進んだ。この路は前とは反対の方向から行くことになる。時代劇にあるような門を入り、第一展示室《てんじしつ》に入った。真ん中に昔の千住の模《も》型《けい》がある。

「健ちゃんあったわよ。これ荒川放水路《あらかわほうすいろ》掘《ほ》っているところよ」

「わあ、すげーなあ。あの川、ほんとに掘ったんだね」

「岩淵水門《いわぶちすいもん》。あのままになってるわ」

「ほんとうだ。探検しなくちゃ」

「そうだったなー」

健二も由美もよし実も、途中で取りやめた探検を思い出したようだ。

「そういえば、武くんのおじいさんから聞いた大般若《だいはんにゃ》。あれって伊興《いこう》だけにあったんだろうか。それとも富士塚《ふじづか》のように江戸中（東京中）のいろんな所でやってたんだろうか」

「じゃあの庚申講《こうしんこう》や庚申塔《こうしんとう》はどうなんだろうね」

「博物館にきたんだから先生に聞いてみようよ」

武くんの意見で、ぼくたちは博物館の先生に話を聞くことにした。博物館の先生は、

「大般若は奈良時代《ならじだい》から日本中にひろまっていて、この足立でもさかんだったんだ。六百巻《かん》という大変なお経《きょう》の本は転読《てんどく》といってね、経の折り本を両手に開いて、右から左へページをパラパラっと、流れるように落とすんだ。こうして六百巻の経を読んだと同じことにするんだ」

「折り本ってなーに？」

「うん、そうだな。一枚の長い紙を折りたたんで作った本のことだ。そんな本みたことないか？」

「知ってる。お仏壇《ぶつだん》にあるお経《きょう》の本のことでしょ」

すかさずよし実が言った。よし実はなんでもよく見ている。ミニ物知り博士《はかせ》だ。

「おぼうさんのお経の後、大般若《だいはんにゃ》の経箱《きょうばこ》は家々を回ったんだ。昔、綾《あや》瀬川《せがわ》に六百巻のお経を落としてしまったって話、聞いたことがあったなあ。どこの村々も大般若の日を楽しみにしていたようだね。その大般若もきみたちが聞いたとおり、第二次世界大戦の後、いつの間にか消えていった。でもね、この足立区でも経蔵《きょうぐら》を建て、大般若経六百巻を保存《ほぞん》しているところや、『大般若経会《だいはんにゃきょうえ》』という集まりをつくって、いまでも転読《てんどく》している地域《ちいき》があるんだよ」

「日本中に広まっていたってことは、今も日本中のあちこちに、大般若の話や、お経の本が残っているかもしれないってことですね」

「そういう事だ」

武くんの意見に、博物館《はくぶつかん》の先生はうなずいた。「ぼく、転読っていうの、見たいなあ」

「鉄平はすぐにその気になるんだから」

武くんに言われてしまった。

「でもそれはどこなんですか」

（武くんだって知りたいくせに）ぼくは武くんを見た。

「それは大谷田《おおやた》の常善院《じょうぜんいん》というお寺でね、毎年三月二十日に集まりがあるんだ」

「いいこと聞いたね。三月になったら考えようよ」

健二も関心があるようだ。

「次になにが知りたいの」

「庚申塔《こうしんとう》のことです。すごい塔だけど、これってどんなときに建てたんですか」

「うーん。きみたちだんだん専門的になってきたな。いいことだ。これにはいろいろあってね。二か月に一度の庚申待《こうしんじ》をして、なにか記念のあったときに塔《とう》を建てたとも、また庚申講《こうしんこう》を三年間つづけてやり、十八回目に大きな供養《くよう》をして、その記念に塔を建てたと記録にあるが、それも時代や地域によってちがいがあるんだ」

「だれが建てたの」

「講仲間《こうなかま》で建てたんだ。だから建てた日や、建てた人の名前が彫《ほ》りこまれている。見なかったかい」

「あったわよ。ほら読めない年号と、名前が書いてあったじゃない」

由美はあの不思議な塔を思い出したようだ。

「そうだったね」

「こわい顔をした仏さま。あれ、ほんとうに庚申《こうしん》の本尊《ほんぞん》なんですか」

庚申の本尊がどれなのかわからないので、ぼくはたずねた。

「あー、青面金剛《しょうめんこんごう》のこと？　庚申の本尊は変わってきて青面金剛になった、と言われている。ちょっとむつかしいな。庚申塔もいろいろに変わっているんだ」

「いぜん庚申講が盛んになったのは江戸時代って聞いたけど、これは足立だけだったんですか」

「いいやこれも日本中だよ。夏休みや春休みなどで、田舎《いなか》のおじいちゃんやおばあちゃん家《ち》に行ったとき、さがしてごらん。きっと見つかるよ。足立区に残っている塔だって二百三十基もあるんだ」

「えーっ、そんなに！」

「気をつけて探してごらん。寺の境内《けいだい》や、道の角《かど》などで、いろんな庚申《こうしん》塔《とう》を見ることができるよ。はすの花の彫《ほ》り込まれたもの、たくさんの手をもった青面金剛《しょうめんこんごう》、字だけのもの。三猿《さんえん》のないもの、鬼《おに》のないもの、にわとりが彫ってあるもの、大きいの、小さいの、欠《か》けているものなど、いろいろあるから探してみるとおもしろいぞ。

あそうそう、庚申塔にまつわる昔話を話してあげようか」

昔話って信じられないことがあるからおもしろいんだ。

「わあーい。聞かせて聞かせて！」

手をたたきながら、由美とよし実がはしゃいだ。

「昔々ある村に若い夫婦《ふうふ》がすんでいたんだ。男はやさしくて働き者。お嫁《よめ》さんもきれいでやさしい。だれもがうらやむ仲のいい夫婦だった。ただ子どもがいないことが、二人のなやみだったんだ。そこで二人は猿《さる》を自分の子どものようにかわいがったんだ。ところがそのうち二人の間に子どもが生まれた。

二人は子どもに夢中《むちゅう》になり猿のことを忘れてしまった。猿はさびしくてたまらない。どうにかして二人を自分のほうに向かせたい。そう思った。猿の気持ち、きみたちにもわかるだろう。

そこで二人が畑に出かけて留守《るす》のとき、釜《かま》に湯《ゆ》をわかし、たらいにとって、赤んぼうを湯に入れたんだ。お湯に入れると赤んぼうがうれしそうにしていることを、猿はちゃんと見ていたんだね。しかし湯加減《ゆかげん》がわからなくって、熱湯《ねっとう》に入れられた赤んぼうはたいへんな火傷《やけど》をして死んでしまった。

やっと生まれた赤んぼうをなくした二人は、気も狂《くる》わんばかりに泣き叫び、悲しんだ。なん日も、なん日も、悲しむ二人を見て、猿《さる》は自分のやったことが二人を悲しませているんだとわかった。それいらい猿は、一口の食事も、水も口にしなくなった」

「それでどうなったの」

「猿はとうとう死んでしまったんだ。餓死《がし》って知ってるかい。死んだ猿の胃《い》の中はからっぽだった。猿は二人にほめてもらおうと思って、赤んぼうを湯に入れたんだ。このことがわかった夫婦は猿をかわいそうに思った。そして猿をふびんに思った。そこで二人は猿のために庚申塔《こうしんとう》を建て冥福《めいふく》を祈ったという」

「それほんとの話？」

「これは『足立の語り伝え』という本に書いてある。この館の資料室にもあるよ。その本には、足立で語り伝えられてきた話が、たくさんのっている。ところでこの塔が今でもあるんだよ」

「えーほんとう！」

みんなはいっせいに先生を見た。

「そう、地域の人は『猿仏塚《さるぼとけづか》』って呼んでいる。環七《かんなな》のそばにある島根《しまね》小学校っていう学校知ってるだろう。その学校の西側に小さい社《やしろ》がある。その中にある。行ってごらん。これも庚申塔の一つなんだよ」

武くんのおじいさんや、おばさんに聞いた狐《きつね》の話。きょうの猿仏塚の話。帰りはみんながおとなしかった。しばらくして香代ちゃんが、

「ふるさとって、目に見えない、いろんなことが詰《つ》まっているところな

のね」と言った。

(ほんとにそうだ。パパのふるさとには山や海はないけど、ずーっと昔の宝がいっぱいありそうだ)

「日本中を探すと、すごい数のふるさとの宝が見つかるわね」友ちゃんが言った。

「子どもがみんなで、自分のふるさとの宝探しをはじめたら、どういうことになる」

「おもしろいことがいろいろ見つかるよ」ぼくが言うと、

「遊ぶ時間がなくなっちゃうよ!」健二が叫んだ。

「でも健ちゃん、サッカーやりながら探検やれたじゃない」と由美。

「そうだなあ」

急に健二は駆《か》け出《だ》し、ボールを蹴《け》るまねをした。

(かわいそうな猿《さる》の話、ママやお姉《ねえ》ちゃんに聞かせてあげよう。きっと行ってみたくなるよ。そして足立がすきになるよ)

探検隊《たんけんたい》は薄暗《うすぐら》くなった道を急いだ。

試《し》合《あい》

今日は勤労感謝《きんろうかんしゃ》の日。ブロックサッカー大会の日だ。晴天だ。いいぞ！　あんなに練習したんだし、練習試合《れんしゅうじあい》だってやった。だからHブロック以外の実力《じつりょく》はだいたいわかっている。監督《かんとく》も「大丈夫《だいじょうぶ》だ。力いっぱいやれ！」と言った。

だけど、なんとなく落ち着かない。

Hブロックにはすごいゴールキーパーがいるらしい。それに、ぼくとおなじポジションにいるのは足の早いやつだという。六年生なんだろうか。

「えーい、あたってくだけろだ」

五反野駅《ごたんのえき》近くで武くんと健二に合流《ごうりゅう》した。

「おい鉄平と健二。きょうは思い切っていこうぜ。今まで練習ではやったことないけど、おれ、夕べ寝《ね》てから、ふとんの中で考えたんだ。鉄平は健二の蹴《け》ったボール、かならず受けろよ。ボールのきそうな位置にかならず行け。マークを振《ふ》り切《き》っていくんだ。どんなことがあってもな。そしてそのボール、おれに必ず送るんだ。おれ鉄平のボールのきそうな位置にかならず動いているから。安心して蹴れ」

会場の区の運動場は、学校の三、四倍くらいはありそうなすごい広さのグラウンドだ。対戦相手《たいせんあいて》の選手《せんしゅ》はもう集まっている。

（みんな強そうに見えるものだ）っていうけど、号令台《ごうれいだい》の周りやフェンスの前、足洗い場の前。敷物《しきもの》をしきつめて陣取《じんど》っている相手はどのチームを見ても強そうだ。なかでもＨブロックの選手は、見るからに手ごわそうだ。

「あ、それからパスの相手や順は、さっきの約束《やくそく》どおりじゃないぞ。わかるだろう。誰《だれ》がいつボールを捕《と》らえるか、決《き》まってないもんな。おれの言ってることは、三人のうち誰かがボールをキャッチしたら、二人のうちの誰かが、ボールを送れるところに必ずいるから安心して蹴れっていうことだ」

「わかった」

「信頼《しんらい》してすばやくパスするよ」

「おれたち三人は特別《とくべつ》な仲間《なかま》だろう。だから相手《あいて》の気持ちが『ツッー』って通じるはずだ」

武くんが力をこめて言った。

道路の東側、藤棚《ふじだな》の下がぼくたちの陣地《じんち》だ。六ブロックのトーナメントだから、優勝《ゆうしょう》するには三回試合をすることになる。

お父《とう》さんやお母《かあ》さんや、たくさんの応援《おうえん》が来ている。ぼくの家でもパパやママだけじゃなくお姉《ねえ》ちゃんまでもが来るんだって。

(あれ！　よし実と由美が来ている。サッカーはきらいなはずなのになー。よーしかっこいいとこ見せてやる)

香代ちゃんも友ちゃんもいる。探検隊《たんけんたい》全員、応援に来てくれたんだ。

「腕がなるよなあー。健二」

「うん。頑張《がんば》っていこうぜ」

九時。試合開始。開会式の後、審判長《しんぱんちょう》からHブロックとCブロックはシードと発表された。昨年の優勝・準優勝校だ。

「わかっちゃいたけど、最初からHブロックでなくってよかったよ」健二が小声《こごえ》でぼくに言った。（健二もHブロックのこと気にしていたんだ）

（だまっているけど、みんなもそう思っているはずだ）

それぞれのチームのキャプテンがくじを引いた。一回戦の対戦相手は表のとおりだ。

ぼくたち、さいしょの対戦相手はSブロックだった。補欠《ほけつ》も入って円陣《えんじん》を組んだ。

「エイ、エイ、オー」

「さあ、みんな　しまって　いこうぜ！」

監督《かんとく》の声を後に、ぼくらはいっせいにグラウンドにとび出た。

審判《しんぱん》のホイッスルでボールが飛んだ。

ぼくは力いっぱいボールにくいついていった。健二だ、武くんだなん

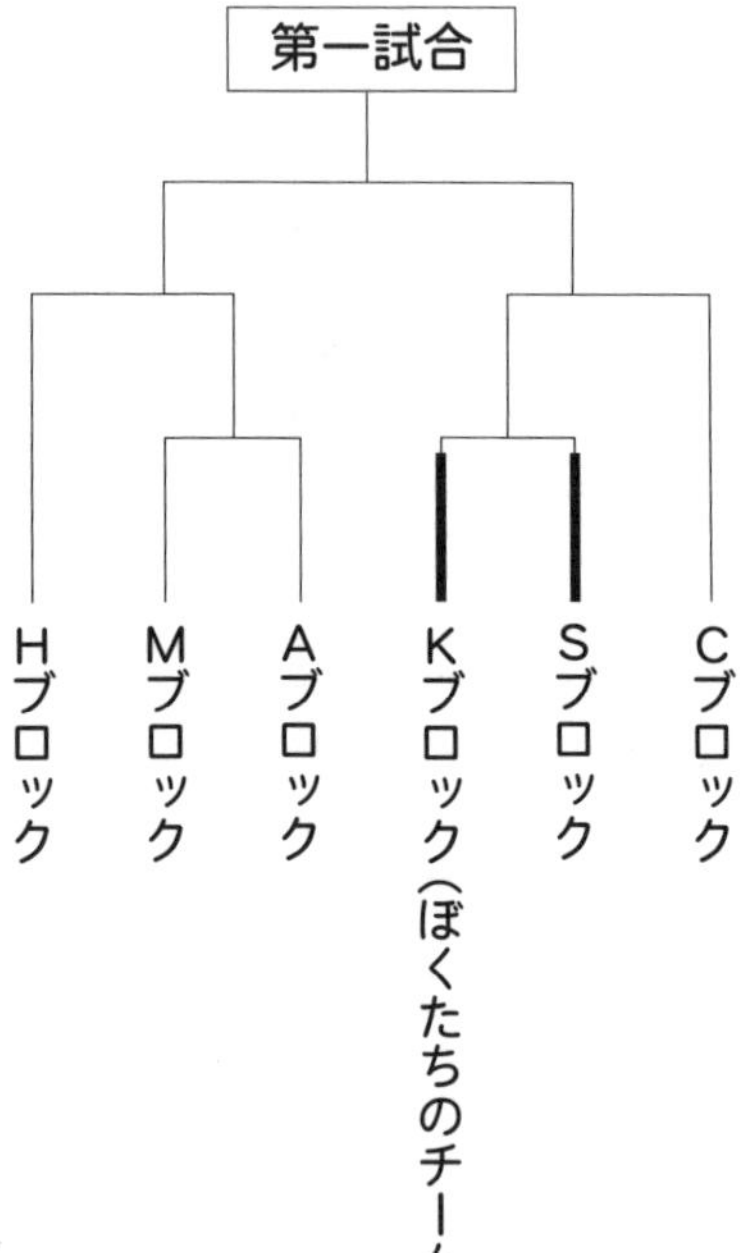

て、そんなゆとりあったもんじゃない。とらえたボールは仲間のオレンジ色のユニホーム目がけて蹴《け》った。

一回戦前半は0対0。Sブロックも強い。ゴールキーパーがすごいんだ。なんどシュートしても捕《と》られてしまう。後半戦終了まぎわ仲間の蹴ったボールがポールに当たり、中に転がり込んだ。

試合終了。ぼくたちのチームはようやく一勝できた。

「ラッキー!」「ラッキー!」

ぼくたちは飛び上がって喜んだ。

「おーいニュース!　ニュース!」

六年生の伸哉《しんや》くんと四、五人が息を切らせて駆《か》けてきた。

「実況放送《じっきょうほうそう》をします」

「二グループのMブロックとAブロックの試合は2対0でAブロックの

勝ち。勝ち進んだAブロックは二戦に向けて闘志《とうし》を燃《も》やしていまーす」

仲哉くんがアナウンサーのまねをして教えてくれた。

「やっぱりな」

十分の休憩後《きゅうけいご》、第二試合だ。

「第二試合。KブロックとCブロックの試合は、ただ今から、東側コートで行います。選手の皆さんは至急《しきゅう》集まりなさい」

放送を聞いてぼくたちは東側コートに移動した。応援団《おうえんだん》もビニールシートや荷物をぶらさげてぞろぞろと移動した。パパとママとお姉《ねえ》ちゃんが、

「鉄平がんばっていけよ」と声をかけてくれた。

「いよいよ宿敵《しゅくてき》Cブロックだ。締《し》まっていこうぜ！」

いつの間にか武くんがぼくのそばにやってきてささやいた。去年の試

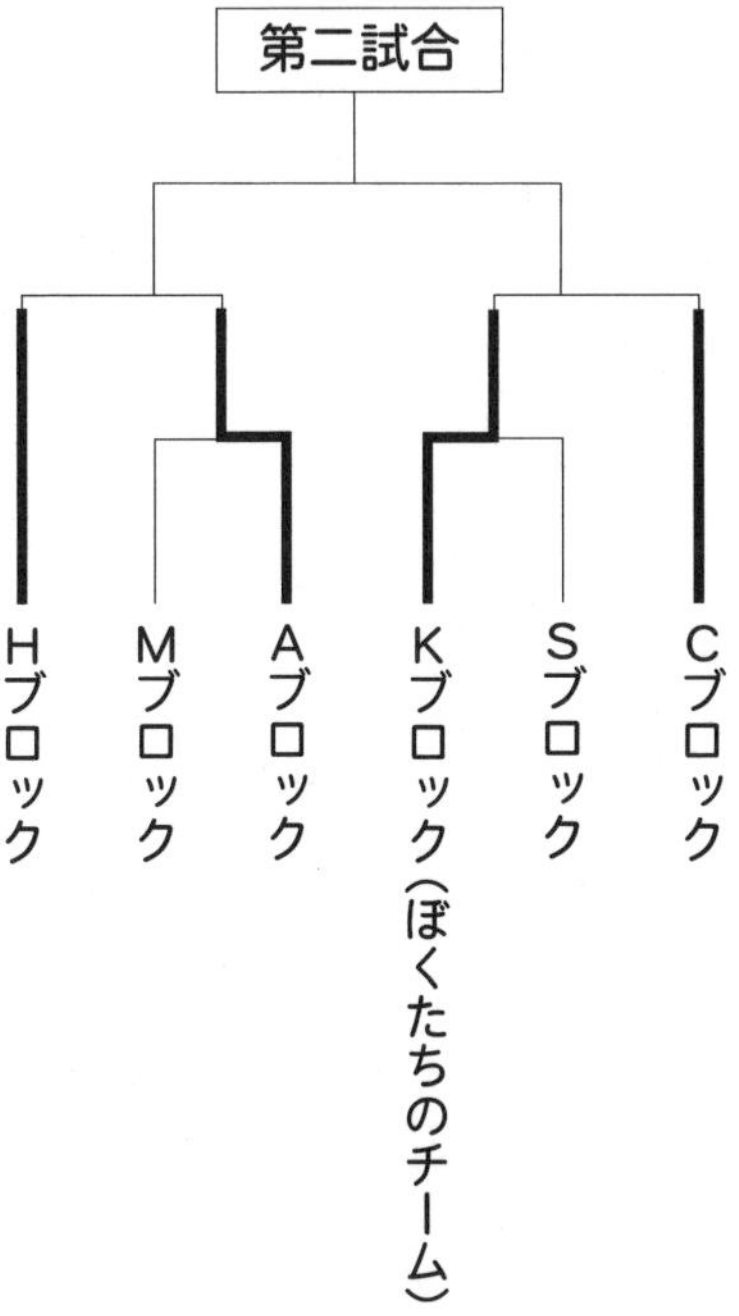

合でめちゃくちゃにやられた相手だ。
「今年はどっちに運があるかわかんないよ。力いっぱいやろうぜ」
ぼくはそれしかないと思った。
Cブロックとの試合は、シュートできそうでいてその間際《まぎわ》に、ボールをとられてしまう。ぼくたちのチームもすごいけど、Cブロックのゴールキーパーはねばってくる。

なんども攻防《こうぼう》が続いたそのときだ、Cブロックの選手がぼくとぶっかった瞬間《しゅんかん》、ぼくの足を力いっぱい払《はら》った。あきらかに反則《はんそく》だ。

ぼくのフリーキックだ。一瞬《いっしゅん》、ぼくは考えた（よし、あの作戦だ！）。

ぼくは右足でしっかりと踏《ふ》ん張《ば》って、片方の左足を大きく後に浮かせて蹴《け》るわざをした。そしてボールを蹴る瞬間《しゅんかん》、軸足《じくあし》を変えた。反対方《はんたいほう》向《こう》に（健二がいる！）と、とてもよく見えたからだ。健二はぼくの送ったボールをとらえ、すばやくパスした。そのボールを武くんが受けてすごいいきおいでゴールに向けて蹴りこんだ。

試合終了。ぼくたちは勝ち進んで、決勝戦に進出した。

武くんと健二とぼくはめくばせした。〝作戦どおりだ〟。

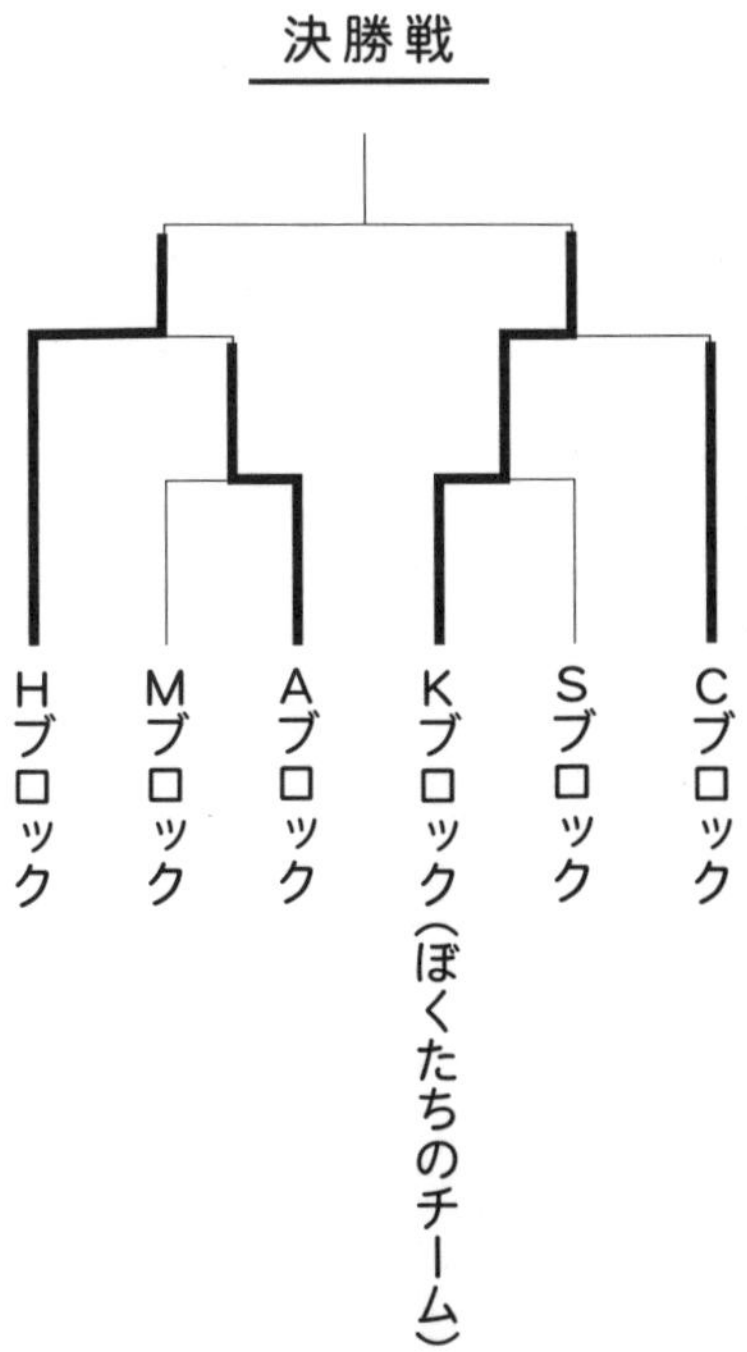

二人の目もそう言っていた。

決勝戦は昼食後になる。グラウンドの周りに敷物《しきもの》を敷き食事をした。空は青く広々としている。めずらしく風もなく暖かい。きょうはなんていい日だろう。家族も友達《ともだち》も仲間もみんないる。

午後からの決勝戦はHブロックに3対1で負けたけど悔《く》いはなかった。Cブロック戦で三人の息がぴったりいったのは武くんが言ったように、探検隊《たんけんたい》の仲間だったからだろうか。足立に来てきょうは最高の日だ。

試合が終わって荷物整理をしていると、由美とよし実が駆《か》けてきた。友ちゃんと香代ちゃんもやって来た。

「よくがんばったわねー。一回戦で負けるかと思っていたのよ」目をきらきらと輝かせて香代ちゃんが言った。

「ほんと。二回戦でCブロックとの接戦《せっせん》になったとき『もう駄目《だめ》だ』と思ったわ」

「そう。わたし目つぶっちゃった。見ていられなかったの」

「そうなんだ。Cブロックの闘志《とうし》すごかったもんなー」

「ゴールキーパーもよくねばったよ」

「得点したときの鉄平のパス見ていた？」

「見てた、見てた。反対の方向に蹴《け》ったのね。あれ作戦だったの」

「もし作戦が当たらなかったら……」

「ふっ、ふっ、ふっ。これでことしの試合は終わった。おい、また探検隊の活動を開始しようぜ」

驚いたことに武くんが言ったのだ。

「あーよかった。探検隊はもう解散《かいさん》かと思ったわ」と由美。

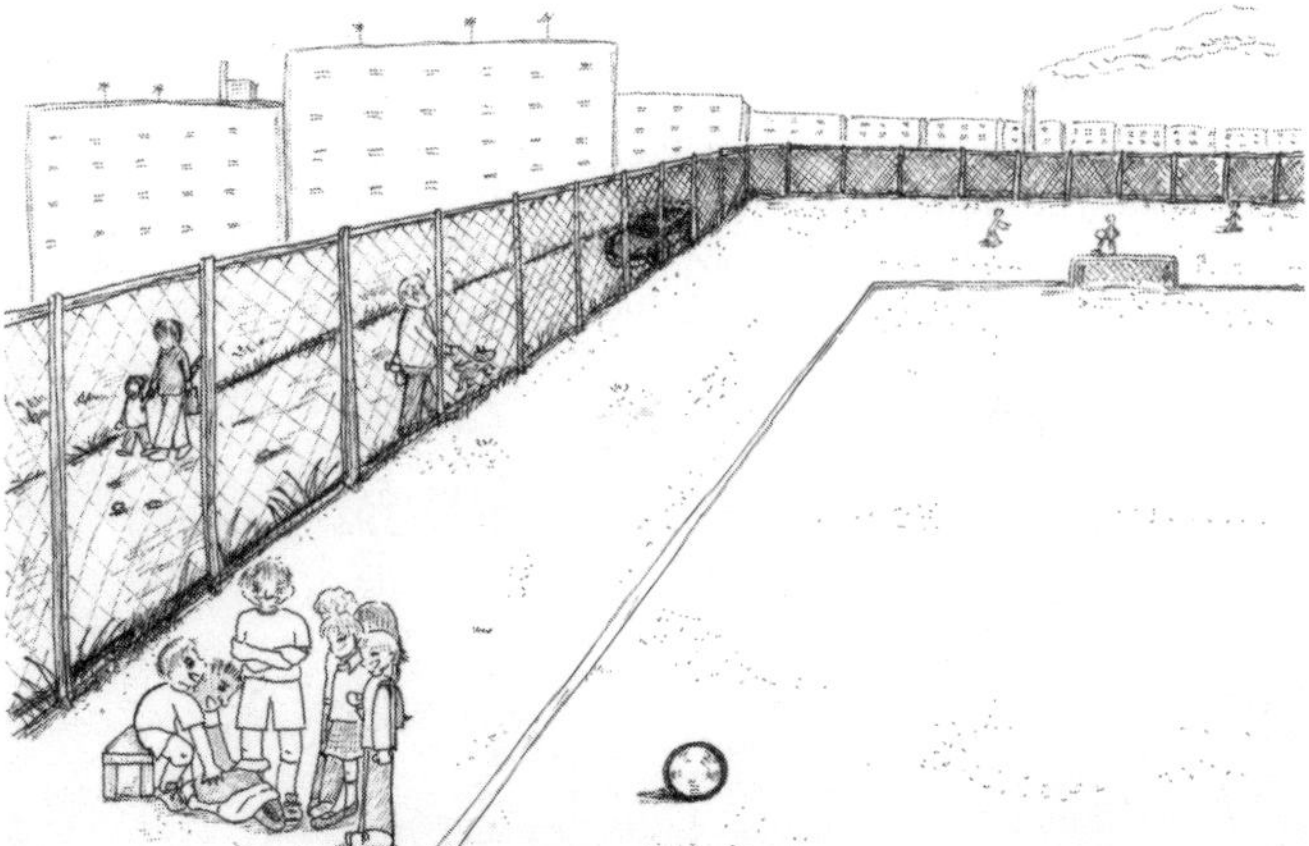

「とんでもないよ。なあ、鉄平、健二。探検隊《たんけんたい》のおかげでサッカーに勝ったんだもんな」

「へんなの。なんのこと。それってー」

「まあいいさ。そのうち教えてあげるよ。ところで、次の探険はなんだ」

「博物館《はくぶつかん》にあった、あのひゅっと長い顔の、不思議なお面。あれにしない？」

「そうだ。あれがいいよ。真っ黒の毛がたれていて、なにかありそうだぜ」

「あれだって調べてみたいわ。ほら茶わんのかけら。たくさんあったじゃない。あれって、土の中から発見されるって言う、大昔のお茶わんでしょう」

「岩淵水門《いわぶちすいもん》だってあのままよ」

「そうだったよなあ」

「ちょっと待って！　ほら、一月に探険することになっていたものの、あったじゃない」

健二や由美たちの会話を聞いた友ちゃんは、あわてて話をさえぎった。

「あれ！　あれよ！　ほら、博物館で見たわらの大蛇《だいじゃ》。あのお祭り、たしか一月のはずよ」

香代ちゃんも約束を思い出した。

「そうだ。なんとかいったっけね」

「お寺の大木に登っているあの大蛇ね」

「『じんが……』じゃなかった」

「へんなの」

「そのお寺、どこにあるんだった」

「?」

「?」

「たいへんだ、調《しら》べなくちゃ。ぐずぐずしていると終わっちゃうよ」

ふるさと探検隊員《たんけんたいいん》は大声で笑った。

あとがき

「ふるさとを愛する心は　ふるさとを知ることによって芽生えてくる」

その思いを深くしたのは、草の中にぽつんと立っている石を足蹴にして遊んでいる子どもたちを目にしたときでした。その石はどうにか形を止《とど》めていましたが、間違いなく探していた昔の道標《みちしるべ》でした。

「ただの石と思えるものの中にも、わたくしたちの祖先の願いや祈りの込められているものがある」

この発見は、今まで気付かなかった有形、無形の物に問いをもちはじめ、知識欲旺盛な子どもたちには、知ることの喜びを知る糸口となるでしょう。そして自分の生まれ育った村や町に愛着を持つようになるでしょう。

ふるさとを愛する心は、やがては自分の国についても多くを学び、国を愛し、

その「学び愛する心」は、さらには近隣諸国、世界へと広がっていくものと信じます。その意味から、

「世界に役立つ人づくりは、ふるさとを愛する人づくりから」

と言えましょう。

一人でも多く、ふるさとを愛する子どもが育っていくことを願って止みません。

文芸社編集局の佐藤京子氏のお陰で楽しい本になりました。厚く御礼申し上げます。

平成十四年十二月

小山　矩子

著者プロフィール
小山 矩子（こやま のりこ）
1930年　大分県杵築市八坂に生まれる
大分大学大分師範学校卒業
東京都公立小学校教諭・同校長として40年間教職を勤める。
その間、全国女性校長会副会長として女性の地位向上に努める。
退職後、東京都足立区立郷土博物館に勤務。足立区の東淵江・綾瀬・花畑・淵江・伊興を調査し「風土記」を執筆する。この作業を通じて歴史的な事物に興味を持つ。
主な著書に「足尾銅山―小滝の里の物語」「サリーが家にやってきた～愛犬に振り回されて年忘れ」（文芸社刊）がある。
東京都在住。

ぼくらふるさと探検隊

2003年１月15日　初版第１刷発行

著　者　小山 矩子
発行者　瓜谷 綱延
発行所　株式会社文芸社
〒160-0022　東京都新宿区新宿１－10－１
電話　03-5369-3060（編集）
03-5369-2299（販売）
振替　00190-8-728265

印刷所　株式会社フクイン

ISBN4-8355-4927-9 C0093